Bettina Rolfes

Feuer fangen

Erotische Geschichten

Bettina Rolfes

Feuer fangen

Erotische Geschichten

Stück weiter

verlag kleine schritte

Bettina Rolfes:
Feuer fangen: Erotische Geschichten / Bettina Rolfes.
— Trier: Verlag Kleine Schritte, 1991
ISBN 3-923261-24-1

Umschlaggrafik: Fred Knecht

Auflage: 3 2 1

verlag kleine schritte

Ursula Dahm & Co.
Postfach 3903
D - 5500 Trier

Inhalt

Über das Schreiben erotischer Geschichten

»Und dann?«
L. blickt sich um, ob uns auch niemand hört, beugt sich über den Tisch und flüstert:
»Und dann kam er zu mir in die Kabine.«
Er schaut mich mit gespielt moralinsaurem Gesicht an, besinnt sich aber gleich, nimmt einen Schluck Rotwein, vergewissert sich, daß der Kellner auch wirklich nicht in der Nähe ist und wispert mir den Rest der Geschichte ins Ohr. Sein Hals hat rote Flecken bekommen, seine Augen funkeln wie nie und ich muß schwören, daß ich niemandem sein Geheimnis verraten werde, nie und nimmer. Ich hebe die Hand und schwöre alles. Wir grinsen uns an und bestellen das Dessert, Marsala.

*

Neben meinem Schreibtisch türmen sich Berge erotischer Literatur, vom Kamasutra bis zu Playgirl. Wo verläuft die Grenze zwischen Erotik und Porno? Was ist weibliche Erotik? Wie unterscheiden sich männliche und weibliche Sexualität? Beinhaltet alles, was mich anmacht, automatisch eine weibliche Sicht? Und: Ich kann doch nicht die ganze Sprache neu erfinden!?

*

Ich schreibe über Fischchen und Schleifchen, über Mulli und Punzel, über Muschel und Salatgurke. Oder über Muschel und Muschel, Salatgurke und Salatgurke. Erotische Geschichten, unglaubliche und stille, verdorbene und duftende. Frage alle FreundInnen aus. Erinnere mich an Gerüche, an Haut, an Augen. Breite Phantasien aus, erzähle Geschichten:

Mona legt einen Arm voll Löwenmäulchen vor die Toilettentür, hinter der sie mit ihrem Liebhaber verschwindet. Nadja stürzt ab und findet morgens einen zärtlichen, warmen Körper neben sich. Sibylle rechnet ab und amüsiert sich dabei fantastisch.

*

Manchmal wundere ich mich, daß Victor, mein Computer, nicht rot wird.

Bettina Rolfes

Das Rendez-vous

Der Bus schaukelte wie eine alte Fregatte. Vor jeder Kurve, die der Fahrer, ein enormer Brocken mit tätowierten Oberarmen, mit einem schrillen Dreiklang von Hupe ankündigte, überlegte ich, was ich angenehmer fände, eine Linkskurve oder eine Rechtskurve. Bei einer Linkskurve würde ich in die Arme des Herrn zu meiner Rechten gedrückt, eines mittelalten, graumelierten Herrn im gepflegten Zweireiher; bei einer Rechtskurve rutschte ich unweigerlich in den kaum 16-jährigen, hoch aufgeschossenen Bengel zu meiner Linken, dessen Hals roch wie Marzipan.

Ich war unterwegs zu einem Rendez-vous mit Peter, meiner neuesten Eroberung. Es war früher Morgen, ich arbeitete damals nachts in einer Schokoladenfabrik, und wir hatten verabredet, daß ich ihn mit einer Tüte Brötchen wecken würde, um gemeinsam zu frühstücken. Die halbe Stunde Fahrt quer durch die Stadt nahm ich gern in Kauf. Ich befand mich in einem seltsamen Zustand zwischen übergroßer Wachheit und Erschöpfung, der der üblichen morgendlichen Schlaftrunkenheit diametral entgegengesetzt war. Während die anderen sich noch die Träume aus den Augen rieben und die Erinnerung an die Bettwärme auf ihrer Haut verblaßte, fuhr ich den warmen Armen meines Liebsten entgegen, und mit jedem erneuten Bremsen und Anfahren des Busses fiel ein wenig der Hektik der Nacht von mir ab. Ob wir es sofort tun sollten oder erst frühstücken? Falls er noch im Bett läge, wenn ich komme, könnte ich mich einfach zu ihm unter die Decke kuscheln.

Der Bus war so voll, daß ich von Glück reden konnte, überhaupt einen Sitzplatz ergattert zu haben, selbst wenn wir statt zu zweit zu dritt nebeneinander saßen. Es war ein klarer Morgen gegen sieben Uhr. Die Luft war ungewöhnlich lau für die frühe Stunde, und die Temperaturen versprachen einen prächtigen Hochsommertag. Über den Straßen lag noch ein klares, bläuliches Nachtlicht, da und dort schimmerten die ersten Sonnenstrahlen in einem matten Gelb und Rosa auf den feuchten Straßen, die im Morgengrauen von einem enormen Tankwagen mit Wasser abgespritzt wurden. Händler schafften ihre Ware heran, Geschäfte zogen die buntbemalten Metallrolläden hoch und stellten Kisten mit frischem Obst und Gemüse in die Gestelle auf dem Trottoir.

Ich konnte nur noch an das eine denken. Immer wieder malte ich mir aus, wie ich klingeln würde, wie er die Tür öffnen würde. Ob er einen Pyjama anhaben würde oder nur seine Shorts mit den kleinen Mickymäusen drauf.

Um mich abzulenken, betrachtete ich die anderen Fahrgäste. Frauen und Männer, die zur Arbeit fuhren, Schulkinder in blauen Uniformen, Hausfrauen, die mit leeren Taschen zum Markt fuhren, um sie prallgefüllt wieder zurückzuschleppen. So sehr ich mich auch bemühte, immer wieder schob sich Peters Gesicht vor meine Augen.

Sie trug einen selbst für den Hochsommer unverschämt kurzen, lachsroten Rock, ein hautenges lila Trikothemd und einen breiten Gürtel um die Hüften. Ihre Beine waren so lange, daß sie noch in den flachen Sandalen, die sie trug, grazile Proportionen hatte, so, wie man sich landläufig ein Mannequin vorstellte. Nur ihr Gesicht wollte nicht so recht in dieses Bild passen. Sie hatte ein kugelrundes Mondgesicht, das so zufrieden wirkte wie das meiner sechsjährigen Nichte nach einer Tasse Milch und einem dicken Marmeladenbrot. Sie hielt sich mit einer Hand an der Haltestange fest und schob sich von Zeit zu Zeit eine Strähne ihrer vollen, braunen Mähne in den

Mund, auf der sie gelangweilt herumkaute. Als der Bus wieder einmal hielt und eine Unmenge neuer Passagiere hineinströmte — auf der Bank mir gegenüber saßen inzwischen vier junge Mädchen — kam plötzlich Leben in ihre Augen. Ich versuchte, ihren Blick zu verfolgen. Wie hypnotisiert blickte sie nach vorn. Angespannt zog sie die Augenbrauen hoch und dachte nach. Dann schob sich plötzlich ein Lächeln in ihr Gesicht und sie rief mit voller Stimme: »Paulo, hey, Paulo!« Weiter vorne drehte sich einer um, und warf ihr einen kurzen Blick zu, zuckte die Schultern, er sei nicht Paulo, aber sie deutete ihm, herzukommen. An der nächsten Station stieg er aus. Verdrossen wandte sie sich ab und betrachtete ihre Fingernägel. Er aber stieg wieder ein und drängelte sich diesmal in ihre Richtung durch das Menschenknäuel, das sich immer vor den Türen bildete.

Ihre Überraschung war echt. Die großen braunen Augen versprühten Funken und im Nu waren sie in ein angeregtes Gespräch verwickelt. Sie gestikulierte mit Händen und Füßen, merkte nicht, daß der Bus wieder anfuhr und flog unversehens in seine Arme. Lachend lösten sie sich wieder voneinander, eine Spur langsamer als nötig. Er war ein eher südlich anmutender, dunkelhaariger Mann um die dreißig, nicht besonders hübsch, aber ungemein sexy. Als er seine Hand neben ihre an den Haltegriff unter der Busdecke klammerte, rutschte sein T-shirt hoch und entblößte einen Streifen seines behaarten Bauches mitsamt Bauchnabel. Sein Körper wirkte gleichzeitig kräftig und geschmeidig, er konnte ebensogut Maurer sein wie Tänzer. Ohne Schwierigkeiten würde er sie während der Liebe mit seinen muskulösen Armen tragen können, überlegte ich mir. Das gäbe sicher ein schönes Bild, die Beine des Mädchens um seine Hüften geschlungen.

In dem Moment breitete der Geschäftsmann neben mir seine Zeitung aus und versperrte mir mit dem Wirtschaftsteil die Sicht. Ärgerlich versuchte ich, auf den schwarz-rot marmorierten Polstern eine Position zu finden, von der aus ich die beiden weiter beobachten konnte, aber vergebens. Außer den Händen an der Haltestange, den bloßen Armen und — sobald der Mann die Zeitung umblätterte — einem kurzen Ausschnitt der Gesichter, sah ich nichts. Ihre Haut war sehr hell, fast weiß, ihr Achselhaar braun und buschig. Am Handgelenk trug sie ein geflochtenes buntes Stoffband, wie man sie am Straßenrand für ein paar Groschen kaufen kann. Er dagegen hatte sehnige, braune Arme. Am kleinen Finger prangte ein goldener Ring mit einem dunklen Stein. Seine Handrücken und die Unterarme waren von feinen, schwarzen Härchen bedeckt. Ein Hauch von spanischer Seife zog in meine Nase, das war sicher von ihm. Für einen Moment sah ich ihren Mund. Ihre Lippen waren jetzt noch aufgeworfener als vorhin. Er gefiel ihr.

Beim nächsten Umblättern der Zeitung schüttelte sie ihre Mähne, legte den Kopf in den Nacken und schloß die Augen. Ihr Mund war leicht geöffnet. Mehr konnte ich nicht sehen, dann geriet wieder der Börsenbericht dazwischen. Wo war eigentlich seine zweite Hand? Vermutlich schob er sie ihr gerade zwischen die Schenkel, vorsichtig die zarte Innenseite streichelnd. Sie lehnte sich ihm entgegen, seine Finger glitten höher und tippten blitzschnell an ihren Slip, ein verwaschenes, mit Schmetterlingen bedrucktes winziges Höschen. Der Finger fuhr die warme, feuchte Baumwolle entlang.

So würde es Peter gleich auch machen. Ungeduldig sah ich auf die Uhr. Noch fünfundzwanzig Minuten.

Ich schmiegte meine Beine aneinander und lehnte mich aus dem Fenster. Die jungen Mädchen waren inzwischen ausgestiegen, der Jüngling saß mir gegenüber. So mußte ich die Bank nur noch mit dem Zeitungsleser teilen. Die Straßen waren voller hupender, hektischer Autos. Es gefiel mir, so von oben auf die Männer hinter dem Steuerrad herabzusehen und sie zu beobachten.

Als ich wieder aufblickte, durchbohrte der Jüngling mich mit seinem Blick. In seinen blauen Shorts hatte sich eine deutliche Erhebung gebildet. Die ganze Zeit hatte ich ihn nicht beachtet, jetzt fiel mir wieder ein, wie gut er gerochen hatte. Provokativ ließ ich meine rote Sandale auf die Fußspitze gleiten und wippte mit dem Knie, so daß der Schuh keß hin- und herschaukelte. Bevor ich zur Schicht ging, hatte ich mir noch schnell die Zehennägel frisch lackiert. Der Junge mochte schon 16 sein, auf seiner Oberlippe zeigte sich eine deutliche Vorahnung eines Bartes, aber ich war sicher, daß er noch keinerlei Erfahrungen hatte. Seine schwarzen Augen funkelten mich an. Lange konnte ich seinem Blick nicht standhalten, dann schloß ich die Augen und gab mich hin, den Vibrationen des Busses, dem Schaukeln und der lauen Luft, die mir zum Fenster herein über die Arme strich. Eine wohlige Müdigkeit machte sich breit. Die Polster des Sitzes wurden zu einem Körper, auf dem ich mich sanft wiegte, der Fahrtwind zu einer Hand, die mich streichelte.

Der Bus wird länger und länger. Es ist Nacht. An jeder Straßenecke steht ein Trompeter und bläst die Melodie des Postillons, wenn wir vorbeifahren. Das Mädchen ist noch da, sonst ist der Bus fast leer. Sie steht ganz hinten, vorm Rückfenster. Peter ist auch da. Sie wiegt sich in den Hüften und blickt ihn auffordernd an. Peter geht langsam auf sie zu. Ich sitze am Steuer. Im Rückspiegel sehe ich, wie die beiden es treiben. Das Mädchen hält sich an den Schlaufen fest. Den Slip hat sie bis zu den Knien herabgeschoben und steht breitbeinig vor ihm. Ihn sehe ich nur von hinten. Er hat seine alte Jeans an. Sein strammer Po bewegt sich rhythmisch, aber durch das Schwanken und Schaukeln des Busses werden sie immer wieder in ihrem eigenen Tempo gestört, hängen in der Luft, suchen nach Widerstand, etwas Festem, an das sie sich lehnen können. Mit einem Seufzer sinken sie aus meinem Blickfeld zu Boden. Der Bus hat keine Bremsen. Ich fahre immer weiter, in rasantem Tempo um jedes Hindernis herum, rase auf Hauswände zu und kann nur im letzten Moment noch das Steuer herumreißen. Mein Beifahrer redet beruhigend auf mich ein. Wir fahren mitten durch einen Rosenmarkt. Dann werde er eben jetzt bremsen, sagt er und faßt mir zwischen die Beine. Seine Berührung ist wie Feuer und ich komme innerhalb von Sekunden.

Müde öffnete ich die Augen. Das Licht war unangenehm hell. Ich kniff die Lider zusammen. Der Bus hatte sich inzwischen geleert. Mir gegenüber saß noch immer der Jüngling, auf dessen Shorts sich ein dunkler Fleck abzeichnete. Mein Rock war so hochgerutscht, daß ich einen Schrecken bekam und ihn schnell wieder über die nackten Beine zog. Der Knabe lächelte mich an. Ich war verwirrt. Der Bus hatte die Endstation erreicht. Der Fahrer rangierte noch ein wenig hin und her, dann stellte er den Motor ab und ruckartig verstummte das Rattern, Knattern und Vibrieren. Er stand auf, griff sich in den Hosenbund, zog die Hose zurecht und drehte an den Schildern herum, die die Richtung des Busses anzeigten.

Der Jüngling fragte mich mit der krächzenden Stimme eines Pubertierenden, ob wir gehen sollten. Schweigend erhob ich mich. Meine Kleider klebten auf der Haut, meine Knie zitterten. Als wir auf der Straße standen, ich wußte nicht, wo ich war, geschweige denn, wie ich von hier zu meiner Verabredung kommen sollte, stellte er sich auf die Zehenspitzen — er war einen halben Kopf kleiner als ich — und gab mir einen scheuen Kuß. Zärtlich rieb er seine Nase an meinem Hals und schon war er verschwunden, eingetaucht in die Menschenmenge, die an diesem Morgen so farbig, duftend und schön war wie selten.

dirty little story 1

Wieviel kostet der Intercity-Zuschlag? / Ça coute combien, le supplément Intercity? / Rien? Nichts? umso besser / sie finden ein leeres Abteil / wo ist Flandern? / die Bahnhofsuhr steht / wie überall hier / schade, daß du nicht dein minijupe anhast / sagt er / setzt sich ans Fenster mit graukarierter Hose / so prall unterm Gürtel / der schwarz-weiße Tigerrock und die rosa Schuh / abgeschabtes Pink / sie breitbeinig ihm gegenüber / er streicht über die Haare auf ihren Waden / sie rückt sich das Stirnband zurecht / raucht eine Zigarette / sie fahren durch Spa / Heinrich Böll steht winkend am Bahnsteig / verschlafene Städte / Reiseführer / Merian mit Magrittes Melone / seine Hände auf ihrem Knie / sie sitzen beide ganz vorn auf der Kante / es wird dunkel / als sie sich küssen / geht die Tunnelbeleuchtung kurz an / knutschend durch die Ardennen / ein kurzer Kuß / Entfernung im Hellen / sie rücken Knie an Knie / halten Händchen / der Schaffner kommt / wir fahren bis Köln / noch zwei Stunden / wieder Dunkelheit / eine Hand an ihrer Brust / Knospengetaste / die Haut ihrer Schenkel / Locken und Lippen im Gesicht / hinter ihm tauchen Flüsse auf / grüne Hügel / Bauernhäuser / Abfall im Flußbett / plötzliche Dunkelheit / Finger am Slip / Weichwerden und die Beine spreizen / was hast du da? / reiben bis es hell wird / der Geschmack seines Mundes / seine Zunge wie ein Ravioli / Schritte im Gang / ob wir doch zuziehen? / draußen das Eingangstor eines Schlößchens / da ziehen wir hin / siehst du die vielen Gebüsche? / ein Griff an die Hose / setz dich doch zu mir / wieder ein Tunnel / sie greift zu und spürt Steifes / wieder ein Flüßchen / eine verfallene Fabrik / Verviers / eine stillstehende Bahnhofsuhr / gleich kommt der Zöllner / komm schnell /

er zerrt am Reißverschluß / warum sind die Tunnel so kurz? / vielleicht sollten wir ins Gebirge fahren / belgisches Bier, Magritte, Hose und Schuhe irgendwo im Abteil / er öffnet die Hose / am hellichten Tag / ein kurzer Schrecken / er greift unter den Tigerrock / wie sie auf der Kante sitzt / und schnell und fest und er kommt und kleckst sich das Hemd voll / der Tigerrock ist verrutscht / er zieht die Lederjacke an / küssen, bis der Zöllner kommt / ob die nichts riechen ? / komm, wir essen / weiches Sandwich mit Käse und Schinken / sie sitzen sich gegenüber / trinken belgisches Bier

Mehr als eine Affäre

Schimpfend schmiß Sibylle die Zeitung beiseite und sprang auf. »Ich komme ja schon!« Gerade hatte sie es sich gemütlich gemacht, nachdem sie den Flur geputzt, die Wohnung gesaugt und den Wochenendeinkauf erledigt hatte, und der war üppig ausgefallen, denn morgen erwartete sie ihre Eltern zum Mittagessen. Kaum hatte sie die Steaks, Brot, Käse, Wein und so weiter in Schränken und Kühlschrank verstaut und sich mit Zeitung und Zigarette in den dicken Ohrensessel gefläzt, mußte man sie schon wieder stören.

»Schneller«, rief sie zackig in die Muschel.

»Hallo, Sibylle, ich bins.«

In Sekundenschnelle trat das strahlendste Lächeln in ihr Gesicht.

»Du? Gibts dich auch noch?«

»Ja, ich.« Er klang fast ein wenig verlegen. »Ich wollte mich verabschieden. Ich flieg morgen für ein halbes Jahr in die Staaten.«

So schnell, wie es sich aufgehellt hatte, verdunkelte ihr Gesicht sich wieder. Aber sie ließ sich nichts anmerken. Nur nicht wieder weich werden.

»Na, das freut mich für dich. Hat es geklappt mit dem Stipendium?«

»Nein, nicht direkt ... es ist ... also ...« Er stotterte. »Also, äh, wir wollten Michaelas Eltern besuchen, die leben in New York ...«

»Wie nett, Michaelas Eltern besuchen«, sagte Sibylle spitz. »Dann hat es damals wohl doch geklappt mit Michaela und dir?«

Am anderen Ende der Leitung wurde es still.

»Ja«, gab er kleinlaut zu.

»Und jetzt ist Michaela deine Zukünftige?«

»Ja. Du wolltest mich ja nicht.«

»Geht das jetzt wieder los?«

»Nein.«

»Na, dann wünsch ich gute Reise.«

»Sibylle, so versteh doch ... ich dachte, wir könnten Freunde bleiben ... ich hab eine gute Flasche gekauft und hab gedacht, wir beide ...«

»Was wir beide ...?«

»Ich würde mich gerne noch einmal mit dir aussprechen.«

»Telefonisch?«

»Nein, ich sagte doch schon, ich ... ich ... würde gerne vorbeikommen und ...«

Sibylle schmunzelte.

»Na, dann komm.«

»Jetzt sofort?«

»Ja, kannst kommen, ich bin da.« Biestig fügte sie hinzu: »Den Weg wirst du ja wohl noch wissen.«

Müller ... wie lange war das her? Zwei Jahre? Geistesabwesend stellte sie das Telefon neben das Telefontischchen. Polternd fiel es zu Boden. Ihr Blick blieb an einer Karikatur hängen, die sie damals an die Wand gepinnt hatte, der einzige Schmuck im sonst nüchternen kleinen Flur ihres Apartments. Eine Dame im Pelz, reich und wunderschön, und ein ordinäres, heruntergekommenes Schwein mit einem riesigen, tropfenden Rüssel. Die beiden stehen unter einer Laterne und küssen sich. Die Dame denkt: »Aber er küßt wie eine gesengte Sau.«

Müller, in Gedanken nannte sie Holger nur mit seinem Nachnamen, Müller war nicht nur ein begnadeter Knutscher, er war auch einer der größten Herzensbrecher der Stadt. Aber das hatte sie erst erfahren, nachdem sie mit ihrem Werner Schluß gemacht hatte, wegen Müller, versteht sich. Als sie ihm dann freudestrahlend eröffnet hatte, sie sei jetzt frei, war er plötzlich abweisend geworden, hatte blöd rumgestottert und gemeint, er sei eigentlich schon immer frei und wolle das auch bleiben. Dann hatte er mit Michaela angebändelt, ausgerechnet mit der blöden Kuh.

Sibylle war in Laune für einen Racheakt. Den würde sie sich vorknöpfen. Und zwar so, daß ihm Hören und Sehen verging. Kurzentschlossen stiefelte sie in ihr Zimmer, öffnete den Kleiderschrank. Das schwarze? Das rote? Oder eine Hose? Nein, keine Hose. Sie wollte, daß er ihr unter den Rock faßte. Lederrock? Vielleicht nicht schlecht.

Dann bezog sie in Windeseile ihr Bett neu, mit der edlen, schwarzen Satinwäsche. Zur Feier des Tages. Heute kam er dran, aber richtig. Und wenn er ebensogut bumsen konnte wie knutschen, stand ihr ja ein prächtiger Abend bevor! Fröhlich pfeifend ging sie zum Kühlschrank, zog die Flasche Kosakenkaffee aus dem Eisfach und nahm einen kräftigen Schluck.

»Komm nur rein«, rief Sibylle und malte schnell noch die Konturen ihres vollen Mundes mit dunkelrotem Lippenstift nach. Sie hatte nur eben den Türöffner gedrückt und war gleich wieder vor den Spiegel gehuscht. Als sie seine Schritte im Flur hörte, drückte sie die Lippen aufeinander und warf sich einen letzten prüfenden Blick zu. Nicht schlecht.

Da stand er schon in der Tür.

»Ich wollte gerade Kaffee machen, willst du auch einen?« strahlte sie.

»Kaffee!?« sagte er empört. »Hier, feinster Bordeaux.« Er überreichte ihr die Flasche. »Aber eigentlich sollte man vorher noch was essen gehen, was meinst du?«

»Hast du denn soviel Zeit?«

»Klar, für dich immer!«

»Von wo fliegt ihr denn ab?«

»Frankfurt.«

»Wie kommt ihr hin?«

»Nicht wir, nur ich. Ich fahr mit dem Wagen, Michaela ist schon drüben.«

»Wie, schon drüben?«

»Ja, seit zwei Wochen. Hat schon mal die Tour organisiert.«

»Die Tour organisiert?«

»Ja, mit Wohnmobil.«

Er fing sich einen spöttischen Blick ein.

»Michaela wollte das unbedingt. Aber nur in den Staaten, ab Mexiko mit den Öffentlichen weiter, Züge und Busse und so.«

Sie trat einen Schritt zurück und musterte ihn.

»Bist ja dünn geworden.«

»Findste?«

Sie ging um ihn herum, betrachtete ihn von allen Seiten, wie ein Raubtier seine Beute.

»Jaa.«

»Und?«

»Was und?«

»Gefall ich dir so nicht?«

»Doch«, sagte sie betont uninteressiert.

»Aber?«

»Nichts aber. Komm erst mal rein.«

Während sie den Korkenzieher aus der Schublade nahm, überlegte sie kurz. Eigentlich war er gar nicht so attraktiv, wie sie immer gefunden hatte. Sie wußte gar nicht mehr, was sie an ihm so unwiderstehlich gefunden hatte. Ganz nett, ja, aber sonst?

Gedankenverloren schüttelte sie den Kopf. Was hab ich an dem nur gefunden??

Der Korken ging nicht raus. Sie klemmte die Flasche zwischen die Knie, beugte sich vor und berührte mit dem Lederpo Holger, der direkt hinter ihr stand. Eine heiße Welle jagte durch ihren Körper. Oder doch? Wie elektrisiert zuckte sie zurück und streckte den Po frech wieder raus, als sie merkte, daß es ihr gefiel.

»Soll ich dir helfen?« fragte er scheinheilig. Sie richtete sich wieder auf, drehte sich mit dem Oberkörper zu ihm um. Sein Mund, dieser volle, schöne Mund. Wortlos zog er sie an sich. Sie küßte ihn über die Schulter, so heftig, so voller Verlangen. Ihre Zungen und Lippen heiß und gierig, wie ausgehungerte Tiere. Dann ging alles sehr schnell. Er umfaßte sie von hinten, strich über ihre brennenden Brüste. Sie rieb ihren Po an seiner Hose. Da war es in Sekundenschnelle voll und hart geworden. Zwischen ihren Beinen ein ziehender Schmerz. Sie befingerten sich nur ein paar Minuten, dann schob er ihren Rock hoch, wie sie es sich vorgestellt hatte und liebkoste sie. Ihr wurden die Knie weich. Kurzentschlossen öffnete sie seinen Reißverschluß und schälte seinen Steifen aus der Hose. Als sie die Hand um ihn schloß, fuhr ein Zittern durch seinen Körper. Dann löste sie sich aus seiner Umarmung, stützte die Ellenbogen auf die Anrichte, schob ihren Rock hoch, streckte ihm ihr kräftiges, weißes Hinterteil entgegen.

»So?« wisperte er verdutzt.

»Ja, so«, sagte sie über die Schulter, sah aber nicht sein Gesicht, sondern nur sein geiles Gerät, das ihm unverschämt steil aus der Hose ragte. Er faßte sie fest an den rundlichen Hüften und drang in sie, nahm sie so kräftig und heftig, wie sie es mochte, sie spürte ihn tief.

»Noch tiefer«, japste sie, »komm noch tiefer«. Sie veränderte ihre Position ein wenig und hatte ihn endlich da, wo sie ihn haben wollte, ganz tief in ihrem brennenden, pochenden Schlund. Und er sollte ihr Feuer löschen. Er hatte ein kräftiges, dickes, langes Ding, so hart und dick wie eine Gurke. Der Geruch von Leder. »Du Tier«, stöhnte er, faßte von hinten an ihre Brüste, die spitz und prall herabhingen, tätschelte sie, da verlor sie die Beherrschung.

›Jetzt hab ich dich‹, schoß es ihr durch den Kopf, ›jetzt hab ich dich endlich‹. Sie schrie bis ins Treppenhaus, als sie kam, da zuckte er auch und stöhnte tief und grollend, wie ein grollender Berg.

Sie verharrten noch einen Moment ineinander, dann wendete sie sich zu ihm und lachte ihn gelöst an. Sie küßten sich die Gesichter, den Hals, die Ohren. Sie zog den Rock wieder herunter und genoß jetzt das Leder auf der nackten Haut. Sein Samen lief ihr die Schenkel hinunter.

»Himmel«, flüsterte er, sein Gesicht war ganz weich geworden, »Himmel, was war das denn?«

»Komm, ich will dich noch ein bißchen spüren, laß uns kuscheln.« Ihre Haut war noch immer hungrig, hungrig nicht nach Sex, sondern nach seiner Haut, jetzt wollte sie ihn ganz spüren, mit Haut und Haar.

Geduldig knöpfte sie ihm Knopf für Knopf das Hemd auf. Schöne, kräftige Arme. Der Biß in den Bizeps, dachte sie lachend und grub ihre Zähne in sein Fleisch. Dichte, schwarze Haare auf den Armen, auf der Brust. Unsicher fuhr sie mit den Fingerspitzen darüber. Behaarte Männer ... das hatte ihr noch nie gefallen, aber an ihm ... Ein hellblaues, dunkelblau abgesetztes Unterhemd. Eigentlich langweilig, aber zu seinem dunklen Teint ... Langsam zog sie es aus der Hose. Wie ein folgsames Kind hob er die Arme und ließ sich das Hemd über den Kopf streifen. Dichtes, schwarzes Haar. Überall dichtes, schwarzes Haar. Für einen Sekundenbruchteil schoben sich Bilder von Affen, von Gorillas vor ihre Augen.

»Ist was?« fragte er leise.

Wortlos schüttelte sie den Kopf.

»Es ist nur weil ...« Sie war mit einem Mal ganz ernst.

»Was denn?«

»Wann geht denn deine Maschine?«

»Viertel nach 8.«

»Dann mußt du ja gleich los.«

Er lächelte. »Viertel nach 8 morgen früh.«

Dann zog er sie aus, ebenso langsam. Zum ersten Mal sahen sie sich nackt. Sie küßte sein kleines, braunes Mulli, löste ihr Haar, ließ die Spange auf den Boden fallen und schmiegte sich an den warmen Körper. Sie kuschelten sich in die frische, angenehm kühle Bettwäsche. Jetzt gefiel ihr sein Fell. Das war weich und flauschig.

Durch die Jalousie fiel schräg die Abendsonne.

19.03, 19.04. Das Zimmer war in Dunkelheit getaucht. Nur die roten Ziffern des Radioweckers leuchteten aus dem Schwarz. 19.05. Leise schob Sibylle die Bettdecke beiseite, schlich zum Wecker, drehte so lange an den schwarzen Knöpfen, bis es 16.05 war und krabbelte wieder zu ihm. Drei Stunden, das müßte reichen. Müller schlief fest. Er lag auf dem Rücken und schnarchte leise. Sie schob ihren Kopf in seine Achseln, schlängelte sich höher und schlief in seinen Armen wieder ein. Der Geruch seiner Haut erinnerte sie an Gewürzkuchen.

Als sie wieder aufwachte, war es 18.36. Zufrieden blickte sie auf den Wecker, der auf dem Regal leise vor sich hin die Zeit zählte. 18.37, 18.38, 18.39.

Durch die Jalousie fiel jetzt das Licht der Straßenlaterne. Im Zimmer war es tiefe Nacht. Er schnarchte noch immer. Sie dachte scharf nach. Seine Armbanduhr. Sie griff nach seinem Handgelenk. Eine Herrenuhr mit Gliederarmband. So vorsichtig sie konnte, fuhr sie mit dem Fingernagel unter das Verschlußglied und schon schnackte es auf. Kinderleicht. Er tat einen lauten Schnarcher. Erschreckt fuhr sie zusammen. Aber er erwachte nicht. Er murmelte Unverständliches und wälzte sich auf die andere Seite. Flink streifte sie ihm die Uhr vom Arm und ließ sie unters Bett gleiten.

Das heiße Wasser prasselte auf ihren Rücken wie ein Platzregen. Es war eng zu zweit in der Dusche. Holger hatte die Hände voller Duschgel und seifte sie ein. Den Rücken, den Po, die Brust, die Arme, den Bauch, die Schamhaare, die Beine, alles war voll sahnigem Schaum, den das Wasser ihr von der Haut spülte. Dann seifte sie ihn ein, weniger schüchtern. Pulte ihm in den Ohren, schrubbte den haarigen Rücken (da schäumte es besonders gut), kniff ihm in den Po, daß er quiekte, nahm die Eier in die Hand und zupfte ganz leicht daran, faßte seinen Kleinen und strich mit den Fingerspitzen so lange über die zarte Haut, bis er voller wurde, größer, schwerer, dicker, länger, an ihren Bauch tippte und sie sich ein zweites Mal liebten, im heißen, feuchten Dampf. Kurz bevor er kam, zog er sein Glied aus ihr und spritzte seinen weißen Saft auf ihren Bauch.

»Hör mal«, maulte sie, »und ich?«

»Wie, noch nicht genug?«

»Nein.«

»Und was machen wir jetzt?«

»Na, weiter.«

Sie zog sein kräftiges, behaartes Bein zwischen ihre Schenkel und rieb sich daran, dort, wo sie es am liebsten hatte. Seine Hände hielten ihren Po, sie lehnte sich nach hinten und schloß die Augen. Die Duschhaube hatte sich gelöst und schwamm im heißen Schaum um ihre Knöchel. Das Wasser prasselte auf ihre Brüste. Sie legte den Kopf in den Nacken und gab sich hin, dem Wasser, dem Brennen zwischen ihren Schenkeln, seinen großen, festen Händen.

»Hast du meine Uhr gesehen?« rief er aus dem Schlafzimmer.

»Nein, keine Ahnung.«

»Ich find die nicht wieder. Wie spät ist es überhaupt?«

»Guck doch auf den Radiowecker. Vielleicht 9?«

Vergnügt goß sie Wasser in die Kaffeemaschine, gab Pulver in den Filter und knipste den roten Knopf an. Barfuß, in Boxershorts, kam er in die Küche.

»Ich hab einen Bärenhunger«, knurrte er, während er sich das Haar trockenrubbelte. »Laß uns doch Essen gehen, ich lad dich ein.«

»Ach nee«, sagte sie spontan und überlegte angestrengt. Essen gehen war schlecht. Außerdem hatten die meisten Restaurants ohnehin schon längst geschlossen.

»Wie wärs denn mit einem dicken Steak, knusprig und zart, dazu Kräuterbutter, Weißbrot und Champignons?«

Seine Augen leuchteten begeistert. »Au ja. Dann kann ich mich schon mal auf die Staaten einstimmen.«

»Genau.«

Er öffnete die Flasche und sie stießen an.

»Auf was trinken wir denn?«

»Na, auf die Staaten.«

Die Gläser hatten einen hellen, fast klirrenden Ton.

»Und auf dich!« fügte er mit samtiger Stimme hinzu. »Eigentlich schade, daß wir uns nicht früher getroffen haben ...«

»Haben wir doch.«

»Ja, aber doch nicht so.«

»Wie, so?«

»Na, ich meine ...«

»Was meinst du?«

»Ich meine, also früher, da warst du immer so abweisend zu mir.«

»Ja«, sagte sie und blickte ihn ernst an. »Da wollte ich auch mehr von dir.«

»Wie, mehr? Noch mehr?«

»Mehr als eine Affäre.«

Es war ein himmlisches Mahl. Sie fuhr alles auf, was sie finden konnte. Zur Vorspeise gab es Krebssuppe mit Sherry, zwar aus der Dose, aber vom Feinsten. Dann die Steaks, 1 1/2 für jeden. Außen knusprig, innen zart und rosa. Sie war der Meinung gewesen, das eine übrigzulassen, lohne ja auch nicht. Dazu das Baguette, das sie mit Knoblauch bestrichen und kurz im Ofen gewärmt hatte, Kräuterbutter und geschmorte Champignons in Sahnesoße. Für den Nachtisch plünderte sie ihre eisernen Reserven, eine Familienpackung Walnußeis. Sie war in Hochstimmung. Der Abend war ganz nach ihren Vorstellungen gelaufen. Müller war zärtlich wie nie, machte ihr ein Kompliment nach dem anderen, kümmerte sich um die Musik, war einfach bezaubernd. Ein charmanter, geistreicher Gast.

Irgendwie war es wirklich schade.

Gegen Mitternacht legten sie sich schlafen. Holger hatte ausgerechnet, daß er um fünf losfahren mußte, er sollte zwei Stunden vorm Abflug auf dem Flughafen sein, eine Stunde würde die Fahrt dauern. Also stellte sie den Wecker auf halb fünf.

»Weckt der auch wirklich?«

»Ja.«

»Laut?«

»Ja. Laut genug.«

Holger war so besorgt, daß er den Wecker überhören könnte, daß sie ihn schließlich einmal probeweise abgehen ließ.

Engumschlungen lagen sie wieder im Bett. Sibylle fühlte sich wie ein ausgetrockneter Schwamm, der endlich wieder in seinem Element ist und sich vollsaugt. Sie saugte seine Wärme, seinen Geruch in sich auf, kriegte nicht genug von seinen Berührungen. Früher, dachte sie kurz, früher hätte ich das für die große Liebe gehalten. Im Halbschlaf küßten sie sich wieder und wieder, machten auch einen weiteren Versuch, miteinander zu schlafen, aber in Wirklichkeit waren sie beide längst zu müde. Mal nickte er nach einer Weile ein, mal sie. Als endlich beide gleichzeitig einschliefen, ruhten seine Hände auf ihrem Bauch und sie lagen wie Löffelchen, wie Löffelchen in der Schublade, Sibylles Po an seinem warmen Bauch.

Der Wecker. Widerwillig tauchte Sibylle aus der wohligen Wärme auf. Holger war schon hellwach. Der Wecker.

»Schon zwanzig vor fünf«, rief er aufgeregt, »ich muß gleich los.«

Tapfer stand sie mit ihm auf, kochte ihm einen Kaffee, den er im Stehen herunterstürzte. Um Punkt fünf stand er abfahrbereit in der Tür.

»Schreib mir mal ’ne Karte«, sagte sie.
»Klar. Tschüß.«
Im kalten Flur gaben sie sich einen hastigen Abschiedskuß.

Als sie seinen Wagen wegfahren hörte, schlüpfte Sibylle wieder unter die Decke. Das Bett war noch warm.
Sie rollte sich ein, schnurrte wie eine Katze.
Endlich war sie rundum zufrieden.

dirty little story 2

Ein Züngeln in ihrer Kniekehle / das war der Salamander / ihre Haut wie Mandelmilch / er küßt sich höher / sein Haar auf ihren Schenkeln / ihre Schenkel auf der Samtdecke / vorm Fenster ein Aquarium / und alles voller Pflanzen / sie riecht wie das Meer / er hat Zeit / sie greift seinen Kopf / komm, hier, da will ich dich / zieht ihn zum Muschelgrund / auf dem Boden des Meeres / der Palast der Seejungfrau / Korallenhaut / Muscheln suchen / Austern schlürfen / Perlen finden / das ist tief / das ist unten / das bin ich / see me feel me touch me / tannengrüne, lindgrüne Blätter / Wasserpflanzen / Regenbogenfarben gleiten durchs Glas / sie ist ganz / ganz da / ganz umschlungen / er hat Zeit / er lutscht / und saugt / und küßt / und zupft / ihre Haut brennt / ihre Poren platzen / das Zimmer voller Duft / »überall wollen Blumen aus mir« / wie Geburt / die Birnenfrucht in ihrem Becken / hör nicht auf / hör nie auf / er hat Zeit / sie windet sich in den Kissen / er zupft ihr am Zipfel / neckt mit der Nase / sucht sie und sucht sie und findet sie / sanft zergeht ihm die Perle im Mund / ihr stülpt sich die Haut von innen nach außen / von außen nach innen / ein saftiges Saugen / die Fische lassen Blasen steigen / er hat Zeit / Reibung erzeugt Wärme / da stieben die Funken / die Lunte brennt / die Uhr läuft / ihr Geschlecht eine Pfingstrose / ein Austernpilz / Lippenblütler / jetzt oder nie / die Welt wird enger / ihre Schenkel weiter / das Rote rast ihr die Beine hoch / und pocht und japst und kommt und geht / mit ihm bis ans Ende / la petite mort / sie gibt sich aus der Hand / er nimmt sie / noch einmal / noch einmal / die Fische wedeln mit den Flossen / ich kann nicht mehr / hör jetzt auf / noch einmal / wie lila Samt / jetzt laß mich / sie zieht ihn am Schopf / daß du noch da bist... / komm mich küssen / sein Mund wie das Meer

Curry

Endlich kam sie. Ich erkannte sie schon von weitem, weniger an der Kleidung, alles was sie trug, hatte ich noch nie an ihr gesehen, als an den strahlenden, braunen Augen und dem breiten Grinsen, das immer breiter wurde, je näher sie kam, einen Moment lang dachte ich, sie blecke die Zähne. Ihr Haar verwandelte sich in der Nachmittagssonne zu einem golddurchwirkten, schwebenden Helm, frisch gewaschen, dachte ich kurz, sie könnte Werbung für Shampoo machen. Oder für Zahnpasta. Oder ... bei dem Gedanken mußte ich lachen ... für Frauen.

Wie lange hatten wir uns nicht gesehen? Drei Jahre? Vier Jahre? Nach der Indienreise hatte sie plötzlich nichts mehr von mir wissen wollen. Wenn ich sie anrief, gab sie vor, keine Zeit zu haben. Sie sei gerade am Kochen, ob ich später noch einmal anrufen könne. Oder sie müsse leider gerade los, der Zug führe in zwanzig Minuten. Heimlich war sie dann fortgezogen aus der Stadt, in ein 200 Kilometer entferntes Dörfchen, sie habe genug von der Stadt, schrieb sie mir, sie wolle aufs Land. Einige Monate später erfuhr ich den wirklichen Grund. Sie sandte mir eine Heiratsanzeige. Sie hatte einen ihrer — übrigens zahlreichen — Jugendfreunde geheiratet. ›Sorry. Never forget you. Kuß. Karla‹, hatte sie von Hand auf die Karte geschrieben, königsblaue Tinte auf taubenblauer Karte.

Vor zwei Tagen hatte sie mich dann plötzlich angerufen. Sie habe in der Stadt zu tun, ob wir uns treffen sollten. Schon als ich ihre Stimme hörte, wußte ich, daß ich ihr wieder verfallen würde. So war es immer gewesen. Sie konnte mich um den Finger wickeln, mit einem Blick, einer Geste, einem Anruf, noch nach Jahren.

Sie war so schön, wie sie endlich wieder vor mir stand, nicht mehr das aufreizende, freche Mädchen von früher, meine Freundin, die alles probieren will, also warum nicht auch das, sondern eine Frau, eine richtige Frau. Sie mußte eine gute Partie gemacht haben. Ihre Kleider waren von zurückhaltender, gediegener Eleganz: ein weiter, nußfarbener Seidenrock, der ihre Schenkel umspielte, und eine legere Leinenjacke von bester Qualität. Noch immer trug sie kaum Schmuck, nur eine winzige, goldene Kette. Ihre Haut schimmerte in der Sonne wie der gepresste Lidschattenpuder, der immer in kleinen schwarzen Döschen vorm Spiegel ihres Badezimmers gestanden hatte. Karla. Karla I. hatte ich sie manchmal genannt. Ich staunte sie an wie ein Kind eine Königin. Es verschlug mir schier die Sprache. Sie lachte mich an wie der Sommer, gab mir ein Küßchen rechts und ein Küßchen links auf die Wange. Ihre Haut, da war endlich wieder dieser Geruch ihrer Haut, warm und fein wie die Haut von Kindern, von Mädchen, und weit entfernt eine Ahnung von Honig und Sandel.

Die Rikscha ist so schmal, daß wir wohlgenährten Europäerinnen mit unseren runden Popos kaum nebeneinander Platz finden. Karla rutscht etwas nach vorn, ich etwas nach hinten, so geht es. Der Fahrer, ein ausgemergelter Mann in kariertem Lungi, dessen Muster mich an Geschirrtücher erinnert, spricht kaum ein Wort Englisch. Er hat weitaufgerissene schwarze Pupillen und einen feuerroten Mund. Er kaut Betelnüße und spuckt alle paar Meter einen roten Saft auf die Straße. Bei jedem Schlagloch hopsen die Taschen auf unseren Knien so hoch, daß wir sie festhalten müssen. Es ist elf Uhr abends, seit fünf Uhr früh sind wir unterwegs. Auf den Straßen mehr Kühe als Autos. Am Straßenrand hocken die Männer in weißen Gewändern. Manche haben ein Feuer gemacht und kochen. Die

Luft riecht nach Abgasen, Kuhdung, fremden Gewürzen. Unsere Arme berühren sich. Ich mag das. Karla mag es auch. Sie lehnt sich zurück und gibt mir einen schnellen Kuß auf den Hals. Ich lege den Arm um ihre Schulter und küsse sie auf den Mund. Zum ersten Mal. In dem Moment fahren wir wieder durch ein Schlagloch, sie hat für einen Moment nicht auf ihre Tasche aufgepaßt, und schon ist sie ihr vom Schoß gehopst. Hinter uns beginnt ein wildes Geklingel. Ich blicke mich um und sehe eine ganze Armee knallbunt bemalter, klappriger Rikschas.

Jetzt gingen wir den See entlang, untergehakt, mit gleichmäßigen Schritten, wie ein altes Ehepaar. Teenies jagten mit Skateboards an uns vorbei, Liebespaare saßen auf Bänken, man flanierte, man zeigte sich. Vor zwei Wochen war endlich der Sommer eingekehrt.

Karla wollte alles von mir wissen.

»Und wo wohnst du jetzt?«

»Immer noch in der Münstergasse.«

»Und was machst du beruflich?«

»Auch immer noch dasselbe.«

»Immer noch im Krankenhaus?«

Ich schluckte. Ich war nie im Krankenhaus. Ich war nie Ärztin, Krankenschwester oder ähnliches. Ich bin Bauzeichnerin.

Karla wurde knallrot, als sie ihren faux pas bemerkte.

Ihr Schamhaar ist dunkler als meines. Am Morgen fand ich manchmal kleine Kräuselhaare auf dem Kopfkissen. »Wenn es uns nicht mehr kommt, nehmen wir uns in den Arm und halten uns ganz fest«, sagte sie.

Der Rücken des Elefanten ist so breit, daß ich fast ein Spagat machen muß. Wir sitzen auf einer staubigen Matte und halten uns an Stricken fest: direkt hinter den Ohren der Führer, ein dunkelhäutiger Mann mit lebendigen, schwarzen Augen, dann ich, dann Karla. Mit langsamen, großen Bewegungen geht der Elefant den Weg zum Fluß, ein langsames, großes Wiegen setzt sich fort in meinen Körper. Auf dem Rücken spüre ich Karlas Brüste wie weiche Kugeln, ungewohnt und zart. Bei jedem Schritt rutscht sie näher an mich heran. Bald liegt der Fluß vor uns, ein trübes, flaches Gewässer, breit und bräunlich. Der Weg wird schmaler und steiler. Der Führer zeigt auf die Stricke. Wir sollen uns gut festhalten. Vorsichtig setzt der Elefant Fuß vor Fuß in den losen Sand, steht plötzlich schräg. Ich rutsche, presse meine Schenkel um den riesigen, grauen Koloß, lehne mich nach hinten in Karlas Arme und schon haben wir das Wasser erreicht. Die ockerfarbene Brühe reicht dem Elefanten bis zum Bauch. Der Untergrund ist wieder eben. Karla hat ihre Arme um mich geschlungen. Mitten im Fluß bleibt der Elefant einfach stehen. Der Führer versucht, das mächtige Tier mit Worten, Rufen und Pfiffen zum Weitergehen zu bewegen. Die riesigen, grauen Ohren schlagen wie lederne Fächer hin und her, um die Fliegen zu vertreiben. Karla schmiegt ihr Gesicht an meine Schultern und streicht mir mit den Fingerspitzen den Haaransatz entlang. Auf der anderen Seite wachsen mannshohes Elefantengras und alleinstehende, riesenhafte Bäume. Da soll es Tiger und Nashörner geben. Endlich setzt der Elefant sich in Bewegung. Der warme Körper hinter mir gibt mich wieder frei. Hände legen sich auf meine Beckenknochen. Als das Wiegen wieder einsetzt, spüre ich meine Hüften wie bei der Liebe.

Ein Skateboard raste auf uns zu. Wir sprangen zur Seite, Karla nach rechts, ich nach links. Der Junge, kaum 12, brachte es zwischen uns zum Stehen, drehte noch eine Pirouette und lachte. »Keine Bange«, meinte er großmütig, »ich tu euch nichts«. Ich hatte ihn schon mit aufgescheuerten Knien und gebrochenen Händen auf dem Pflaster gesehen.

»Gestern«, erzählte Karla, »gestern bin ich das erste Mal mit der neuen U-Bahn gefahren.« Sie schmunzelte. »Bei uns auf dem Land gibt es so was nicht.«

Bei uns ... bei uns ... das versetzte mir einen Stich. Sie erzählte von ihrem Leben im Dorf, vom Bäcker, mit dem sie immer so nett plaudere.

»Und was ist dein Mann für einer?« fragte ich.

»Was das für einer ist?«

Kurzentschlossen stellte sie ihre Tasche auf den Weg, kniete sich davor, nahm das Portemonnaie heraus, feines schwarzes Nappa, und reichte mir ein Paßfoto. Sieht nicht mal unsympathisch aus, stellte ich ärgerlich fest. Ein rundlicher, gemütlicher Mittdreißiger, dunkelhaarig, gewitzte Augen.

»Das ist er, mein Walter!« lächelte Karla, schaute Walter zärtlich an und steckte das Foto schnell wieder weg.

Menschenmengen sind unterwegs, Hunderte, Tausende. Es muß ein Fest sein, denke ich, aber es ist kein Fest, es ist ein normaler Tag. Selten einmal ein Auto, das sich den Weg bahnt durch die verstopften Straßen, vorbei an Gemüseständen, Bergen von Auberginen, Pyramiden aus Äpfeln. Fliegende Händler bieten ihr Sortiment feil, z.B. 10 kleine Vorhängeschlösser aus lackiertem Metall. Eine Bettlerin mit einem kleinen Kind auf dem Arm verfolgt uns und hält schon zum dritten Mal die Hand auf. Wir drängen uns durch die braunhäutige, kunterbunt gekleidete Menge, hopsen über Pfützen, treten in Kuhfladen und biegen in eine ruhigere Nebenstraße. Kühe stehen vor den Häusern und blicken uns aus sanftmütigen Augen an. Von fern vernehmen wir einen Lärm, Krach oder Musik? Die Geräusche kommen näher, und an der nächsten Ecke sehen wir den Umzug. Enorme Neonröhren in Giftgrün, Gasblau, dämmrigem Gelb ragen meterhoch über den Köpfen in die Luft. Die haben sich einige der Männer wie einen Federschmuck am Kopf befestigt. Eine Musikgruppe in blauen Uniformen mit roten Passen und goldenen Knöpfen — wie im Zirkus — spielt auf Trompeten und seltsamen geschwungenen Hörnern. Jeder trötet für sich, ein gemeinsames Lied gibt es nicht. Es klingt wie eine übermütige Orchesterprobe. Auf einem Schimmel, der über und über verziert ist, sitzt ein dunkler Mann in Festtagskleidung. Das muß der Bräutigam sein. Über ihm ein roter Ehrenschirm mit goldenen Troddeln und Fransen. Die Frauen tragen ihre schönsten Saris, Türkis mit Orange, Gelb mit Blau, Lila mit Rosa. Wir stehen an einem Konfektstand und kosten von den hellgrünen Kugeln. 100 % Kuhmilch, steht auf dem Blechschild. Die Kugeln schmecken wie Milchpulver mit viel Zucker. Langsam, Schritt für Schritt, bewegt der Zug sich an uns vorbei. An der Spitze die tanzenden Männer. Sie tragen westliche Kleider, Hosen, Oberhemden und Anzüge. Ganz am Schluß eine Karre mit einem riesigen Dieselmotor. Jetzt verstehe ich, woher der Krach kommt. Der Dieselmotor liefert den Strom für die Neonröhren. Karla fragt mich was, aber ich verstehe sie nicht, der Motor ist gerade auf unserer Höhe. Sie legt die Hand um den Mund und brüllt mir ins Ohr:

«Sollen wir nicht auch heiraten?«

Ich bin gerührt. Seit wir in Indien sind, ist sie noch schöner. Ihre Augen sind strahlender, ihre Lippen voller, ihre Haut samtiger. Indien ist ihr Land. Es ist, als ob wir zu ihr gefahren wären, in ihren Kontinent.

Sie stopft sich noch eine grüne Kugel in den Mund.

»Was meinst du?« schreit sie.

»Ja«, schreie ich zurück. »Aber wer kommt aufs Pferd?«

Endlich waren wir weiter hinten am See angelangt, wo dicke, alte Bäume auf gepflegten Rasenflächen standen. Karla zog die Jacke aus und legte sie lässig über den Arm. Ihre Brustwarzen zeichneten sich in der dünnen Bluse ab. Sie klagte, daß ihre Schuhe drückten. Kein Wunder, dachte ich. Sie trug elegante, braune Pumps mit einem ziemlichen Absatz.

»Zieh sie doch aus!« Verdattert sah sie mich an. Sie überlegte einen Moment, lachte und nahm die Schuhe in die Hand. Plötzlich war das Eis gebrochen, unsere Gespräche wurden gelöster, herzlicher. Wir redeten und redeten. Als wir an einer schönen Uferstelle ankamen, wo das Wasser nicht mehr gegen betonierte Hafenbecken, sondern auf Kiesel schlug, blieben wir stehen und sahen über den See. Die letzten Segelboote glitten schräg über das Wasser. Die Sonne stand nur noch knapp über dem Horizont.

»Komm mal, ich muß dir was zeigen!«, sagte Karla mit schelmischem Blick und zog mich hinter ein üppiges, weiß blühendes Gebüsch. Vor allen Blicken geschützt, stand dort direkt am Ufer eine Bank.

Sie packt ihre Sachen darauf, legt den Kopf stolz in den Nacken und sieht mich an. Es ist so still, daß ich die kleinen Wellen des Sees ans Ufer schlagen höre. Sehr langsam geht sie auf mich zu. Sie schlingt ihre Arme um mich und schmiegt ihre Wangen an meine. Ihr Haar fällt zwischen uns wie Seide. Ihre Lippen so voll und zärtlich, daß mir ganz weich wird. Sie küßt meine Augenlider, meine Stirn, meine Nase, meine Wangen, meinen Hals, meinem Mund aber weicht sie aus. Dann tritt sie einen Schritt zurück, fixiert mich, zieht sich die Bluse über den Kopf und steht mit nacktem Oberkörper vor mir, sagt kein Wort, blickt mich nur an aus brennenden, braunen Augen.

Ihre Brüste rund und weiß, wie ein weißer Bikini.

Sie zupft an meinem T-shirt, streift es hoch, legt meinen Rücken frei, auf den jetzt die letzten Sonnenstrahlen fallen, zieht es mir über den Kopf. Meine Brüste berühren ihre, ich nehme sie in den Arm, sie ist so schmal, so zart, so wie ich.

Ich versinke in ihrem Mund. Endlich, denke ich und atme auf, endlich hab ich meine Geliebte wieder. Ihr Gesicht wie mein Gesicht, immer wieder bin ich erstaunt über die Sanftheit ihrer Haut. Keine Stoppeln, kein Kratzen, kein Schnäuzer, kein Rasierwasser. Dabei habe ich nichts gegen Männer. Nur ... Männer duften nicht so.

»Du machst mich an wie ein Mann«, sagte sie, als wir im klapprigen Aufzug des indischen Hotels nach oben fuhren. In die Ecke der dunkelroten Kabine gedrängt, stand sie mir gegenüber. Ihre Augen schwarz, ihr Mund ärgerlich.

»Wie soll ich dich sonst anmachen? Wie eine Frau?«

Die Anzeigelampe des Aufzugs wanderte. 1-2-3-4.

»Und du benimmst dich so ...«, ich zögerte. Das würde sie verletzen, das wußte ich. Aber es war die Wahrheit.

»... so weibchenhaft.«

Zack, das saß. Der Aufzug hielt an. Fünfter Stock. Ein schweres Metallgitter wurde automatisch zur Seite gezogen.

»Wie soll ich dich denn anmachen? Wie eine Frau? Wie geht das? Wie macht eine Frau eine Frau an?«

Meine Sätze verhallten in den mit schmuddeligem Teppichboden ausgelegten Gängen des Hotels. Sie war still geworden.

»Weiß auch nicht. Anders.«
Schweigend gingen wir zu unserem Zimmer.

Von da an bemühte ich mich nicht mehr um sie. Von da an kam sie plötzlich auf mich zu. In jener Nacht kroch sie das erste Mal zu mir unter die Decke und alles, was vorher so schwierig gewesen war, war plötzlich einfach. Ihr Körper war mir vertraut wie mein eigener.

Im Morgengrauen, wir hatten kaum eine Stunde geschlafen, weckte uns ein Getrommel unten in der Gasse. Ein Krishna-Mönch in orangefarbenen Kleidern ging singend und trommelnd durch die Stadt. Wir schmiegten uns wieder aneinander.

»Immer so wach werden«, flüsterte sie.

Ein Frösteln zieht mir über den Rücken. Es ist kühl geworden am See.

»Darf ich dich zum Essen einladen?« fragt sie.

»Klar, gern. Und wohin gehen wir?«

Sie steckt sich die Bluse in den Rock, wirft mir einen verheißungsvollen Blick zu.

»Wirst schon sehen.«

Sie führt mich ins ›Taj Mahal‹, wohin sonst?

Wir essen ein Curry mit parfümiertem Basmatireis und Raita, indischem Yoghurt. Der Yoghurt kühlt meine brennenden Lippen. Es ist teuflisch scharf. Dann habe ich eine Nelke im Mund. Ich öffne die Lippen, fixiere Karla, nehme die Nelke zwischen Daumen und Zeigefinger, knabbere an dem harten, braunen Ding. Sie grinst.

»Was machst du nachher?«

»Ich geh mit meiner Geliebten in ein Hotel. Und du?«

Sie leckt sich über die Lippen.

»Ich auch.«

dirty little story 3

Komm jetzt / was? / sieben Häute hat die Zwiebel / komm doch / ins Hotel oder was? / genau / und dann? / dann küß ich dich ab / das möchtest du wohl / du vielleicht nicht? / abküssen kannst du mich auch hier / sie stehen vorm Kaufhaus / Kunststoffgießkannen aus Holzimitat / sieben Häute hat die Zwiebel / sie zieht den Schleierhut ins Gesicht / komm doch mit, schöne Frau / sie reißt den Hut vom Kopf / nimmt ihr Gesicht in die Hände / schenk mir diese Nacht / das würde sie nie sagen / sie kneift ihr in den Po / das würde sie nie wagen / sieben Häute hat die Zwiebel / dann liegen sie doch unter Bäumen / komm mit mir in die Büsche / komm mit mir in die Blaubeeren / ihr fliegt der Rock hoch / ihr fliegt der Kopf hoch / ihr fliegt die Schädeldecke hoch / sieben Häute hat die Zwiebel / ein winziges Löschpapier / da ziehen zwei blaue Wolken / da küssen sich zwei zwischen den Blumen / zwei Frauen / der Wald ist ein Schlachtfeld / weit hinten Gedenksteine / sie betrauern die Helden / der Winter war lang / ein Knopf fällt auf ihre Wange / ein Einhorn springt aus der Tasche / der Farn wechselt das Geschlecht / sie trägt ein Spitzenhemd / ihre Schenkel enden im Moos / in Zwielicht huschen Elfen / ihre Lippen küssen sich selber / Schenkel schmiegen sich an Schenkel / Hüften wiegen auf Hüften / sie treiben davon / sie treibens im Wald / und flüstern / und wispern / sieben Häute hat die Zwiebel / wieviele Häute hast du?

Nadja

Nadja rutschte unruhig auf dem Barhocker hin und her. Jetzt war sie doch froh, daß ihre Freundin nicht mitgekommen war. Sie zündete sich eine Zigarette an, nahm einen tiefen Zug, betrachtete den Abdruck ihres Lippenstiftes am Filter und musterte unauffällig die Männer zur Linken. Der Dünne mit Brille? Nette Augen, aber sonst ein selten dummes Gesicht. Sein Freund, der mit dem Rollkragenpullover? Sah nicht schlecht aus, redete aber ununterbrochen mit seiner Freundin. Der Unrasierte, Marke coole Maske? Da fror sie schon, wenn sie ihn nur von weitem sah. Der bestimmt nicht. Daneben war ein Pärchen, das schied aus, obwohl der Mann ihr vorhin, als die Frau zur Toilette war, einen frechen Blick zugeworfen hatte. Typisch Ehemann mit gemütlichem Pullover. Sie blickte auf die Uhr. Erst halb elf. Da hatte sie ja noch Zeit genug. Ihre Freundin hatte nicht schlecht gestaunt, als sie ihr unumwunden erklärt hatte, sie ginge heute auf Männerfang. Wie, auf Männerfang? Ja, ich geh mir einen fangen. Mit dem Lasso? So ungefähr.

Zur Abwechslung ging sie auf die Toilette und war froh, dem stumpfen Hardrock für eine Weile zu entfliehen. Im Sitzen studierte sie die neuesten Sprüche. Lieber'n Punk im Schrank als 'n Ted im Bett. Geiler Hengst sucht Stute. 7778195. Wer anderen in die Möse beißt, ist böse meist.

Anschließend frischte sie ihr Make-up auf. Wischte mit dem kratzigen Klopapier die verschmierte Tusche von den Unterlidern, trug ein wenig neue auf, zog den Lippenstift nach und sah prüfend ihr Spiegelbild an. Dann lächelte sie verführerisch. Schon was vor heute Abend? Sie zog die Bürste aus der Tasche und strich noch einmal durch ihr blondes Haar. Es schimmerte seidig im grellen Neonlicht der engen, gelblich gekachelten Toilette. Sie sah gut aus heute, keine Frage, richtig gut mit ihren grüngrauen Augen, den breiten, östlich anmutenden Wangenknochen und dem eigenwillig geschnittenen Gesicht. Wie Hanna Schygulla, hatte ihr mal einer gesagt. Lässig drapierte sie sich den 50-er Jahre Seidenschal um den Hals und ging wieder hinein.

Das Pärchen war inzwischen abgezogen und an seiner Stelle saßen zwei kräftige Mittdreißiger in Lederjacken, Langeweiler, sehen aus wie Zivilbullen, stellte sie mit einem Blick fest. Sie kehrte ihnen den Rücken zu. Paß auf dich auf, hatte ihre Freundin gesagt. Na klar. Sie wollte es einfach wissen. Die letzten Tage hatte sie so geschuftet, daß es ihr wie ein besonderer Luxus erschien, überhaupt auszugehen. Wie lange hatte sie keinen gehabt? Sie rechnete nach. 3 Monate? 4 Monate? Das war doch ungesund.

Aber viel spielte sich hier auch nicht ab. Gelangweilt sah sie in die Gesichter zur Rechten. Magenfalten, verdrießlich herabhängende Mundwinkel, Nasenlöcher, aus denen borstige Haare wuchsen. Schuppen auf dem Jackett. Zopfpullover. Zuviele Zopfpullover. Zopfpullover sind schlechte Liebhaber. Gepflegte Bärte, sorgfältig manikürte Hände, gebügelte Oberhemden. Gebügelt von wem?

Aber der da, der sah interessant aus. Ganz in Schwarz, markante Nase und einen sensiblen Mund. Er unterhielt sich angeregt mit seinem Freund. Der wurde mal vorgemerkt. Der Wirt wechselte die Kassette und ein weicher, lateinamerikanischer Rhythmus, der sofort in die Lenden fuhr, setzte ein. Unverwandt drehte der Mann seinen Kopf und sah sie an. Dunkle, ernste Augen. Sein Blick ging ihr durch und durch. Der und kein anderer. Einige Takte lang blickten sie sich an. Seine Augen funkelten verheißungsvoll. Dann besann er sich plötzlich, nahm sich zurück, zog bedauernd die Augenbrauen hoch und wandte sich wieder seinem Freund zu. Der. Der und kein anderer. Nadja schlug die Beine übereinander. Das Tier in ihrem Bauch zappelte schon vor Aufregung.

Dann wartete sie einfach ab. Wartete, bis die Kneipe sich leerte, wartete, bis sein Freund sich verabschiedete und er sich wortlos neben sie setzte. Den ganzen Abend, zwischen zwei Schlucken Bier, hatten sie sich immer wieder verschworene, heimliche Blicke zugeworfen.

»Kaffee?« fragte er knapp.

Nadja zog sich den schwarzen Pelzkragen ins Gesicht. Es war bitterkalt, eine Dezembernacht. Autos fädelten sich in die Abbiegerspuren ein und kurvten um die Fußgängerinsel. Der Frost auf dem winterfesten Gestrüpp der Verkehrsinsel funkelte metallisch.

Die Kälte kroch ihr die Beine hoch. Sie war es nicht gewohnt, Röcke zu tragen, so kurze schon gar nicht.

»Wo sollen wir hin?« fragte er.

»Keine Ahnung. Was hat denn noch auf?«

»Wie spät ist es?«

»Halb drei.«

»Dann bleibt nur das Elberfelder Stübchen.«

Sie gaben ein seltsames Bild ab, wie sie auf der Fußgängerinsel standen, eine Grünphase nach der anderen verpaßten und dicke, weiße Atemwolken aussonderten. Sie unterhielten sich angeregt über ihre Lieblingsfilme der letzten zwei Jahre.

»Guck mal, Vollmond!« Nadja zeigte nach oben. Zwischen den Straßenlaternen und blinkenden Sternen wie Stecknadelköpfen hing ein kugelrunder, gelblicher Mond mit einem riesigen Hof.

»Mensch, ist schon längst Grün. Laß uns rüber.«

Sie eilten los. Es war eine breite, vierspurige Straße. Kaum waren sie auf der Mitte der Fahrbahn angelangt, sprang die Ampel wieder auf Rot. Hastig klemmte Nadja die Handtasche unter den Arm und begann zu laufen, da stolperte sie, fiel fast hin und schon kam er, mit einem Gesicht, so bestürzt, als hätte er sein Liebstes verloren: »Hast dir doch nicht wehgetan?«

Im Elberfelder Stübchen war es warm und verqualmt. Hier wärmten sich Taxifahrer auf, tranken einen Kaffee, aßen ein paar schnelle Spiegeleier, bevor sie sich wieder in den Wagen setzten und auf eine Fahrt warteten. Die Geschäfte waren schlecht diese Nacht. Wer ging bei so einem Wetter schon aus?

Eine leicht schwankende Blondine kam herein und bestellte ein Schnitzel Pommes.

Endlich kam die Kellnerin. »Mir 'n Pils.« — »Mir auch 'n Pils.«

Sie saßen am Tresen, an einer übersichtlichen Stelle, von wo sie die ganze Kneipe überblicken konnten.

»Kennste den da?« fragte er leise. »Den mit dem roten Hemd?«

Kopfschütteln.

»Ist früher zur See gefahren. Wenn der genug drin hat, erzählt er Geschichten ... das glaubste nicht.«

Ein dicker Mann riß die Tür auf und brüllte: »Erwin, Kundschaft!«

An einem der Tische sprang jemand auf, legte hastig einen Zehnmarkschein auf den Tisch, leerte sein Glas, schnappte seine Jacke und eilte hinaus.

Die Kellnerin brachte das Bier.

»Na dann Prost!«

»Prost!«

»Was machste eigentlich?« sah sie ihn fragend von der Seite an. Wie er hieß, wußte sie inzwischen, Frantek, aber das war auch alles.

»Ach, so dies und das.«

»Und heute dies?«

Er lachte, lehnte sich zurück und dachte nach.

»Heute, nein heute hab ich eigentlich nichts gemacht. Heute ist frei. Und du?«

»Ja, also ... also heute hab ich tapeziert.«

»Und gestern?«

»Auch.«

»Und vorgestern?«

»Makulatur gestrichen.«

»Was gestrichen?«

»Makulatur. Das streicht man auf den Putz, damit die Tapete besser haftet. Hier hab ich noch was, kannst dir mal angucken.« Sie faßte sich ans Handgelenk und zeigte ihm einen Rest, der noch auf der Haut klebte. Behutsam nahm er ihre Hand und schaute sich die Makulatur an. Ihre Hände waren so rauh und verarbeitet, wie er lange keine gesehen hatte.

»Hömma«, rief ihm da einer der Männer zu, »haste deine Frau denn auch lieb?«

Nadja schreckte zusammen. Das war der mit dem karierten Hemd, der sie die ganze Zeit so blöd von der Seite angeglotzt hatte.

Frantek grinste breit. »Na klar! Und wie!«

»Na dann Prost!« Der Karierte prostete ihnen zu.

Frantek legte den Arm um Nadja. »Prost!« sagte er leise.

Nadja schälte sich aus ihrem Mantel. Jetzt war es ihr doch warm geworden in der Kneipe. Sie hatte sich so aufgemotzt wie lange nicht mehr: schwarzer Mini, schwarze Strümpfe, die flauschige, schwarze Jacke, Stiefeletten. Als sie ihren Mantel an den Garderobenständer neben der Tür hängte, spürte sie seinen Blick auf ihrem Po. Ob er eine Freundin hatte?

»Zigarette?« fragte er und hielt ihr die Schachtel entgegen.

»Gern.« Sie zog eine Zigarette heraus und steckte sie lässig in den Mundwinkel. Er zückte seine Streichhölzer und gab ihr Feuer. Ihre Hände berührten sich, aber keiner von beiden wich zurück. Der Schein der kleinen Flamme, um die Frantek schützend seine Hand legte, gab seinem Gesicht eine solche Wärme, seinen Augen eine solche Sinnlichkeit, daß Nadja impulsiv ihre Zigarette beiseite legte und ihm einen vorsichtigen Kuß gab. Wie lange hatte sie niemanden mehr geküßt? Er zog sie an sich. Ihr war, als ob ihr ganzer Körper aus sensibler, aufgeregter Schleimhaut bestünde, ein einziger, feuchter, heißer Mund, dessen Zentrum zwischen ihren Schenkeln lag. Sie knabberten und knutschten, lockten und lutschten, nippten und nuckelten und spielten mit Zungen und saugten sich fest.

»Frantek, mußt dat Mädken nich auffressen!«

Das war wieder der Karierte. Nadja stellte sich taub. Mit halbem Ohr hörte sie die Kommentare der Männer. Biergläser klirrten, aus dem Getöse der Kneipe lösten sich einzelne Stimmen.

»Ob die Kleine überhaupt no atmet?« Jetzt erst spürte Nadja, wie ihre Wangen glühten. Der Kuß wurde zu einem Lächeln, Frantek und sie blinzelten sich aus halbgeöffneten Lidern zu. Zärtlich rieben sie noch einmal ihre Nasen aneinander wie die Eskimos. Da standen schon zwei Gläser Bier vor ihnen auf dem Tresen. Das war der Karierte. »Kinners, darauf müssen wir anstoßen.«

Nadja schlug die Augen hoch. Die Männer starrten sie an. Dicke, aufgeschwemmte Männer mit roten Nasen und begehrlichen Blicken.

»Na, dann auf dat junge Glück!«

Biergläser wurden angesetzt, gierige Lippen versanken in würzigem Schaum und bissen in den Gerstensaft.

Unter dem Tresen drückte Frantek ihr zärtlich die Hand.

Schwer fiel die Tür ins Schloß. Beißende Kälte schlug ihnen entgegen. In der Kneipe war es warm und wohlig gewesen und selbst die blöden Kommentare der Kerle hatten Nadja nichts ausgemacht. Jetzt war sie plötzlich wieder ganz klar. Es war halb vier, sie hatte einen wildfremden Mann aufgegabelt, mit dem rumgeknutscht, und jetzt? Verunsichert schlang sie sich den Schal dreimal um den Hals, mummelte sich in ihren Mantel, suchte in den Tiefen ihrer Tasche nach den Handschuhen. In der Stadt war noch viel los. Junge Männer in Lederjacken lungerten an der Ecke, weiter hinten sah sie einen Polizeiwagen mit blau aufleuchtendem Alarmlicht. Das Klirren von Glas. Zeitungsverkäufer. Kotze auf den Waschbetonplatten der Fußgängerzone. Frantek hakte sich bei ihr ein. Wortlos gingen sie die Hamburger Straße runter.

Außer Nachtlokalen mit Striptease und Animation hatte nun kaum noch etwas auf. Keiner von beiden wagte etwas zu sagen. Wo sollten sie hin?

24 Stunden Non-Stop-Sex-Show, blinkte die Leuchtreklame der Poussy-Bar.

Frantek legte den Arm um ihre Taille. Bei jedem Schritt spürte sie seine Hand.

Gyros/Pommes/Salat nur 8,50 DM.

Aus einem Reisebüro lockte ein makelloser, weißer Strand mit türkisfarbenem Wasser. Sie blieben vor der Scheibe stehen.

»Da fliegen wir morgen hin, hm?«

Nadja strahlte ihn an.

»Au ja. Aber vorher müssen wir noch frühstücken.«

»Bei mir oder bei dir?«

»Wir können schon zu mir gehen, ist aber 'ne Baustelle.«

»Macht nichts. Ich wollte schon immer mal unter 'ner Betonmischmaschine frühstücken.«

Lange standen sie vor der Schaufensterscheibe und küßten sich wieder und wieder. Beide waren ganz in Schwarz gekleidet. Nadja war blond, Frantek dunkel. Von fern sahen sie aus wie eine dicke Frau, die das Haar in zwei verschiedenen Farben gefärbt hatte.

Es war warm, endlich war es warm. Nadja wollte sich drehen und spürte die Wände der Höhle. Es mußte eine Erdhöhle sein. Der Geruch von wilden Tieren. Beißend, würzig, animalisch. Struppiges Haar. Nadja rieb ihre Wange daran. Ein schweres Gewicht lastete auf ihrem Körper. Aber es hielt sie warm, so widersetzte sie sich nicht. Kaninchenstall. Pumamatte. Raubtierkäfig. Mäusenest. Sie zog die Beine an, streckte ihren Po heraus, und rieb sich am Kaninchenbauch. Der Löwe schlief noch. Er brummelte ein wenig und streckte seine weichen Pfoten nach ihr aus. Plötzlich spürte sie Leben an ihrem Po. Da regte sich was. Sie leckte seine Pfoten und lockte ihn mit kleinen Reibereien zu ihrer Blume. Komm nur, hier ist es süß und saftig.

Frantek schlug die Augen auf. »Morgen!« flüsterte er lächelnd. »Morgen!« erwiderte sie, bemerkte, daß sie nackt war und streckte ihm ihre Brüste entgegen.

Er nuckelte, sie griff unter die Decke.

Er heulte auf. »Aaah, hör auf, sonst kommts mir ...«

»Deswegen machen wir das ja auch.«

Er kicherte und zog sie auf sich. Ihre Haut roch nach Ingwer. Und er liebte Ingwer.

Wie spät mochte es sein? Frantek sah sich um, konnte aber nirgends einen Wecker entdecken. Im Zimmer war es halbdunkel. Vor dem Fenster hing an zwei Nägeln ein Bettlaken, das das Tageslicht zurückhielt. Nur an den Seiten drangen ein paar wenige Strahlen ungedämpft herein. Außer der Matratze, und die war ja höchstens 90 cm breit, gab es hier keine Möbel. Gestern abend oder vielmehr heute früh hatte Nadja alle Kissen und Decken, die sie finden konnte, zusammengesucht, sie als Unterlage auf die rohe Matratze gepackt und obenauf ein riesiges, unbezogenes blaues Federbett getürmt.

Die Wände waren mit grober, ungestrichener Rauhfaser tapeziert, die an den unteren Kanten noch abgeschnitten werden mußte. Hellgrauer Teppichboden mit Druckstellen und Schmutzrändern, den Spuren einer anderen Wohnung. Direkt auf dem Boden stand eine Kochplatte mit einem roten Emailtopf. Daneben eine Apfelsinenkiste mit ein paar Dosen, ein wenig Geschirr, die Küche.

Von der Steckdose, an die die Kochplatte angeschlossen war, schlängelten sich noch zwei weitere Kabel herab. Er folgte ihnen mit den Augen und entdeckte eine Kaffeemaschine sowie einen kleinen, gesprenkelten Kasten, eine Antenne, Knöpfe, ein Radio! Begeistert sprang er aus dem Bett, knipste es an und hatte auf Anhieb einen englischen Sender erwischt. John Peel's Music, harte, neue, englische Musik. Seine liebste Sendung. Plötzlich fühlte er sich wie zu Hause.

Leise, um sie nicht zu wecken, setzte er die Kaffeemaschine in Gang, kroch ins Bett zurück und schloß eine wohlig schnarchende Nadja in die Arme.

»Kaffee?« fragte er leise.

dirty little story 4

Sie heut mit Neonfummel und dunkelrotem lipstick / wer ist das denn? / kennst du den? / der legt seinen Arm um ihre Schulter / wildfremder Mann / da bist du ja endlich / was, du suchst einen 17-jährigen? / Also, ich bin 32 / Macht das was? / der riecht nach Bratwurst / der ist ein Naturtalent / der kann wenigstens küssen / sie knutschen und knabbern / sofort / weiter an der Hauswand entlang / ein dunkler Hof / die Hintertür / die Freunde sind schon vorgegangen / er drückt sie an die Wand / sie will ihn haben / er preßt die stramme Hose an sie / ihr wird ganz anders / wie mit 16 / flüstert er / greift ihr ins Höschen / kräftige kalte Finger / er trägt Konfektion / faßt ihr untern Pulli / wie geil! / sie ihm in die Hose / reichlich eng da / sie greift fest zu / die Haustür geht auf / wo bleiben die denn? / die drücken sich aneinander / schnell die Hände weg / wir kommen, ja / wir kommen / bis ins Treppenhaus / bis das Licht ausgeht / oder hier? / oder heben wir uns das für später auf? / er nimmt sie in den Arm / drückt sie an Jacke, Rasierwasser und Mund / die zu weich sind für diesen Flur / faßt sie heftig / seine geile Zunge / ja, hier / er zieht das Sacko aus / das kommt unter ihren Po / wie, hier auf der Treppe? / ja / komm / er kommt und paßt genau / der Treppenhausständer / die kalte Schiene am Rand der Stufen / er fickt sie / los, fick mich / ja, stöhnt er und fickt und / haben wir Vollmond / eine Tür quietscht / das Licht geht an / sie schrecken auseinander / Hosen hoch, soweit das geht / ein Wuselbärtiger schaut aus der Tür / sie kichern / oh, Entschuldigung / laßt euch nicht stören / er schließt die Tür / sie küssen sich im Licht / fingern an den Hosen herum / los, oder hier? / das Licht geht wieder aus / sie tasten sich zum Treppenabsatz / legen sich aufs Linoleum / er ist noch steifer als vorhin / Augenschlitze und Winternachtshimmel / sein Geruch von Tabak und Rasierwasser / ach Süße / ein Schlüssel fällt scheppernd zu Boden

Marie wie Moos und Marmelade

Wie jede Nacht schwebte Marie durch einen barocken Ballsaal, in den Armen eines stattlichen Herrn. Sie tanzten so beschwingt, so elegant, daß alle anderen Paare beschämt ob ihrer eigenen Plumpheit von der Tanzfläche verschwanden und sich als Publikum um sie scharten. Begeistert applaudierten sie und hörten nicht auf zu klatschen. Marie verbeugte sich und ihr voller Busen rutschte aus dem Dekolleté. Ein Raunen ging durch die Menge. Dann stieg Marie auf die Bühne und sang eine Arie aus Figaros Hochzeit. »Figaro, Figaro, Figaro ...«

Wie auf Kommando öffnete sich die Tür und Armin kam mit einer großen Tasse dampfender Schokolade herein.

»Nun, mein Herzblatt, wie fühlen wir uns heute?«

Marie drehte sich murrend auf die andere Seite. Sie stand noch immer auf der Bühne. Das Kopfkissen war bedeckt von üppigen, dunklen Locken, die je länger und je schöner wurden, je mehr sie sich auf dem Lager wälzte und steif und fest behauptete, sie würde nie mehr, nie nie nie mehr aufstehen.

Armin stand vor dem Diwan, flüsterte verführerisch: Schoko-laaaa-de und hielt ihr die verschnörkelte, weiße Tasse direkt unter die Nase. Verstört stützte sie die Ellenbogen auf, sah schlaftrunken in Armins sachliche, blaue Augen, die zu ihr herabblickten wie zu einem Kind und mußte lachen.

Der Traum hatte sie in Stimmung gebracht. Vergnügt zog sie Armin an der Krawatte zu sich herab, gab ihm einen dicken Kuß auf den Mund und machte sich an seiner Hose zu schaffen. Er war schon frisiert, rasiert, fertig angezogen fürs Büro und roch so gut nach Zedern und Zitrone. Bevor er Widerworte geben konnte, lag er schon bei ihr unter der Blumendecke und sie liebten sich.

Der Federvogel, der an einer Spiralfeder über ihnen hing, schwang durch die Vibrationen des Diwans ganz leicht rauf und runter, die Flügel bewegten sich auf und ab und er gab leise krächzende Laute von sich.

Der Diwan, den sie von ihrer Mutter geerbt hatte, war ihr bestes Stück. Er bestand aus einer Art langer Couch mit zwei üppigen Rollen an beiden Seiten, auf die man sich so prächtig aufstützen konnte. Die Liegefläche war fast quadratisch und ebenso tiefblau wie die Rollen, die Troddeln und raffenden Kordeln. Darüber spannte sich ein nachtblauer Baldachin mit aufgenähten, in überaus feiner Handarbeit eingefaßten falschen Diamanten, die leuchteten wie ein Mitternachtshimmel. Zu den Seiten des Diwans stand jeweils ein Tischchen, auf dem Marie ihre wichtigsten Utensilien griffbereit um sich sammelte: Ein Berg Bücher und Journale, eine Konfektschale mit Gebäck und Pralinen, einige Schachteln feiner dünner Zigaretten, die aber so dunkel waren und so kräftig rochen wie richtige Zigarillos.

»Dann bis nächsten Mittwoch!«

Armin machte sich nun doch auf den Weg ins Büro. Er warf ihr noch eine Kußhand zu, dann fiel die Tür hinter ihm ins Schloß. Eigentlich schade, dachte er, während er die Treppenstufen hinunterging, daß sie mich nicht heiraten will.

»Mein lieber Armin«, hatte sie ihm einmal erklärt, »das gäbe nur Streit.«

Und wahrscheinlich hatte sie recht.

Für ihn war es unfaßbar, das sie jetzt schon seit einem Monat ihr Lager nicht mehr verlassen hatte, außer selten einmal für ein paar Stunden, aber nie länger als einen halben Tag. Dann erklärte sie, egal, wo sie gerade war, sie müsse jetzt ins Bett zurück, sie sei nämlich schwer krank. Wenn jemand nachfragen wollte, was sie denn habe, war sie schon längst von dannen gerauscht, unterwegs zu ihrem geliebten blauen Diwan.

Er seufzte. Aber schade war es doch. Er liebte nun einmal dicke Frauen und Marie war die dickste, die er je kennengelernt hatte. Versonnen dachte er an ihre fülligen Formen, die doch in zierliche Handgelenke übergingen, an ihren sinnlichen Mund. Marie. Heute abend würde er ihr rote Rosen bringen lassen.

Obwohl sie inzwischen abgekühlt war, schmeckte Marie die Schokolade vorzüglich. Bald waren nur noch die Streifen in ihren Mundwinkeln übriggeblieben. Sie wollte noch ein wenig ruhen und ließ sich wieder in die Kissen sinken. Unbemerkt schlich die Katze herein. Mit einem Satz war sie auf dem Diwan und schleckte ihr die Schokolade aus den Mundwinkeln. Marie streckte die Zunge heraus und hätte ihr am liebsten einen Kuß gegeben. Die Katze beschnupperte sie voller Interesse, setzte sich zu ihr aufs Kopfkissen und putzte sich. Leckte und schleckte sich ausgiebig mit ihrer kleinen rosa Zunge, wischte unerreichbare Stellen immer wieder mit der Pfote, die sie unermüdlich sauberleckte. Schließlich suchte sie sich ein gemütliches Fleckchen auf der verblichenen geblümten Bettdecke, drehte sich ein paarmal um sich selbst, ließ sich mit einer eleganten Drehung nieder, legte den Schwanz vor die Pfoten, so daß er fast die Nase berührte, ließ ihn noch einmal in der Luft spielen und schlief leise schnurrend ein.

Marie zog sich die Decke bis ans Kinn und genoß die Wärme des kleinen Katzenkörpers auf ihren Oberschenkeln.

In den Laken hing noch immer der Duft von Armins Aftershave, frisch, würzig und wie Zitronen. Genauer: wie Zitronenschnitten. Das Wasser lief ihr im Mund zusammen. Zitronenschnitten!

Früher, als sie noch aus dem Haus ging, hatte sie manchmal Sonntagnachmittags in einer Bäckerei ausgeholfen. Die Arbeit hatte ihr gefallen, sehr sogar. Sie hatte schon immer gern gegessen. Sobald sie allein im Laden war, hatte sie mit dem großen, flachen Schneidemesser schmale Streifen von den Kuchenstückchen abgeschnitten, so schmal, daß es gar nicht auffiel, und sie hastig in den Mund gestopft. Wenn dann just in diesem Moment Kundschaft in den Laden kam, kramte sie schnell ein Taschentuch aus der Kittelschürze und tat, als ob sie sich schneuzen müßte, denn ihre dicken Hamsterbacken und der Puderzucker an der Nase hätten sie sofort verraten. Sie schnitt immer nur ganz wenig ab, immer der Reihe nach, erst von den Zitronenschnitten, dann von den Sahneteilchen, dann vom Bienenstich, dann vom Blechkuchen. Und dann wieder von vorne. An die großen Torten ging sie nicht ran, das war ihr zu heikel, aber damit die Preisrelation zwischen den immer kleiner werdenden Teilchen und den riesigen Tortenstücken noch stimmte, setzte sie, je später der Nachmittag wurde, den Preis der Torten ein wenig hinauf. Im Laufe der Zeit sprach es sich anscheinend herum, daß die Stücke hier immer kleiner und teurer wurden, und die Kundschaft blieb aus. Eines Sonntags hatte ihr dann die Chefin eröffnet, daß sie nächste Woche nicht mehr zu kommen bräuchte.

Es klingelte an der Tür. Endlich brachte ihr jemand Kuchen. Das mußte Hertwig sein, einer ihrer Bekannten aus dem Park. Aber diese Umstände, aufstehen und anziehen und durch den kalten Flur gehen. Marie seufzte. Nein. Dann lieber keinen Kuchen. Sie zog sich die Decke über die Ohren und stellte sich schlafend. So machte sie es immer, wenn jemand an der Tür war, und oft genug schlief sie ja wirklich. Aber Hertwig kannte das schon. Er ließ sich nicht abschrecken. Er hatte Zeit. Er hatte Geduld.

Hertwig war ein schmaler, unscheinbarer Mann in den Vierzigern. Er hatte ein weiches, fast weinerliches Gesicht, das aber etwas so geistvolles hatte, daß man auf Anhieb meinte, es mit einem Professor oder Priester zu tun zu haben. In Wirklichkeit war er Verkäufer in der Herrenkonfektion eines großen Kaufhauses. Angeblich sogar stellvertretender Abteilungsleiter. Er schob den Ärmel seines Sakkos hoch und blickte auf die Uhr. Zwanzig Minuten wartete er jetzt schon. Einmal hatte er fünfundvierzig Minuten gewartet, bis sie endlich aus dem Bett kam.

Vorsichtig drückte er nochmals auf den Klingelknopf. Da war doch was? Da hatte doch eine Tür geknarrt? Sie mußte da sein. Nach weiteren zehn Minuten hörte er Schritte, die Tür öffnete sich und vor ihm stand eine ausgeruhte, bettwarme Schöne, der wilde dunkle Locken verrucht auf die Schultern fielen, gekleidet in einen weinroten, seidenen Morgenmantel, die Füße in zierlichen rosa Pantoletten mit einem Pompom aus gefärbtem Fell, in dessen Mitte ein goldener Klunker prangte.

»Das ist ja eine Überraschung!« Sie lächelte und Hertwig starrte ihr wie gebannt auf den kugelrunden Mund. Er konnte es kaum erwarten.

»Kommen Sie nur rein, Hertwig.«

Zielstrebig balancierte er den Kuchen in Richtung Salon, öffnete sorgfältig das Papier und überreichte Marie, die schon in freudiger Erwartung neben ihm stand, ein enormes Papptablett, das vollgeladen war mit kleinen und größeren Törtchen und Teilchen und Stückchen. Es hätte gut und gerne für eine Kaffeegesellschaft von zehn Personen gereicht.

Begeistert griff sie zu, nahm sich gleich das größte Stück, eine mehrschichtige Sahnetorte mit dunklem Biskuitteig und Borkenschokolade und verschlang es. Ihr Mund war zwar groß, aber doch nicht groß genug für ein ganzes Stück Torte, und so war ihr Gesicht im Nu vom Kinn bis über die Nase hinweg voller Sahne, Kakaopulver und Kuchenkrümel.

»Großartig!« Ihre Augen strahlten wie auf einem Kindergeburtstag. »Wirklich großartig!«

Nachdem sie das erste Stück vertilgt hatte, pflanzte sie sich mit dem Tablett auf den Diwan und machte sich, nun schon etwas langsamer geworden, an das nächste. Sie aß mit den Fingern. Genüßlich schleckte sie nach jedem Stückchen jeden Finger einzeln ab. Bevor sie ein neues Stück begann, mußte Hertwig vorkosten, ein wenig Zitronencreme oder Mokkafüllung, Heidelbeersahne oder Kiwiyoghurt von ihrem Zeigefinger lutschen und ihr bestätigen, daß es gut und frisch war.

Hertwig stellte sich dann immer vor, überall an ihr herumzulutschen. Er legte ihr die Hand auf die Knie. Es erregte ihn, sie so essen zu sehen, 200 Pfund Wollust und Maßlosigkeit. Da war er sicher, in der Liebe war sie ebenso maßlos wie im Essen. Und wenn er so zurückdachte, waren sie sich mit der Zeit auch nähergekommen. Anfangs hatte sie am Tisch gegessen, mit Teller und Kuchengabel. Im Vergleich dazu waren sie jetzt geradezu intim.

Als sie das Tablett zur Gänze geleert hatte, durfte Hertwig sich für eine Weile zu ihr auf den Diwan legen, ihre großen Brüste befühlen und sie in den Armen halten oder vielmehr versuchen, sie in den Armen zu halten, denn er konnte kaum mehr von ihr umfassen als einen ihrer fleischigen Oberarme und die Hälfte ihres Leibes. Zufrieden schmiegte sie sich an ihn und wurde langsam wieder wohlig müde. Er war ganz verrückt nach dem Duft ihres Haares, der ihn an Moos und Marmelade erinnerte. Sobald sie einnickte, schob er ihr ein Kissen unter den Kopf und schlich leise davon. Im Treppenhaus faßte er sich kurz an die Hose, die ihm eng geworden war, und brachte sein pochendes Glied in eine angenehmere Position. Dann ging er schnurstracks nach Hause und befriedigte sich hastig. Er war Junggeselle, seit ein paar Jahren allein und Marie war die einzige Frau, zu der er Kontakt hatte. Er malte sich aus, wie es sein würde, ganz in ihrem weichen, weißen Fleisch zu versinken. Sie würde stöhnen wie eine Elchkuh. Und er würde sie befriedigen, er, der stellvertretende Abteilungsleiter Hertwig Franke. Wie lüstern sie ihn heute wieder angeblickt hatte ... Wahrscheinlich war sie schon lange verrückt nach ihm, aber er ließ sie noch ein bißchen zappeln. Er hatte einen Morgenmantel wie den ihren gekauft, weinrot, Seide, Größe 56, mit dem lag er jetzt im Bett und hielt sie wieder in den Armen, streichelte ihre vor Erregung auf- und abwogenden Brüste und rieb sich an ihren runden Schenkeln.

Auch Marie hatte sich wieder auf den Diwan verzogen. Kaum war er fort, schob sie sich eine der dunkelblauen Rollen in den Nacken, und schloß die Augen. Sofort kam er zurück, sie streckte ihm die warme Hand entgegen und zog ihn zu sich unter die Decke. Hertwig knabberte an ihren zierlichen Ohren, küßte ihren Hals, der neuerdings ein paar kreisrunde Falten bekommen hatte, saugte sich fest und machte ihr einen kleinen Knutschfleck. Er küßte sich tiefer, löste das schmale, hellblaue Samtband, das ihr Nachthemd zusammenhielt.

Die Katze saß unter dem Tisch und miaute vorwurfsvoll.

Als sie aus der Wohnung unter sich laute Rockmusik hörte, schlug Marie die Augen wieder auf. Schwungvoll aus dem Bett gesprungen und nichts wie in die Badewanne. Der Boden erbebte unter ihren Füßen. Aus einem kleinen Flacon, der auf der Ablage unter dem Spiegel stand, goß sie Sandelholzextrakt ins brausende, heiße Wasser. Kaum war sie in der Wanne, die sie ohne Mühe allein ausfüllte, legte sich ein schmalhüftiger, junger Mann zu ihr. Er war sehr groß, hatte bronzefarbene Haut und ein feiner Streifen gekräuselter Haare zog von seinem Nabel nach unten. Sie leckte sich über die Lippen und sah ihre rosa Brüste wie Inseln in dem sahnigen Schaum.

Sie nahm den Schwamm, tauchte ihn ins Wasser und drückte ihn über den Brüsten aus. Die geschmeidigen Hände ihres jungen Freundes massierten mit kleinen, kreisförmigen Bewegungen ihre Füße und arbeiteten sich langsam die Beine hoch. Als das Wasser überschwappte, stellte sie den Kran ab.

In ein riesiges Badetuch gehüllt, den Kopf hochrot, die Nase glücklich glänzend, stellte sie einen Kessel Wasser auf die Gasflamme. Um die Flamme zogen sich gelbliche und bräunliche Flecken, ein riesiger Flatschen Tomatensoße. Sie bückte sich, um sich die Pracht genauer anzusehen. Das wenige Weiß der Kochfläche war bedeckt von kleinen, gelben Fettspritzern. Man mußte nur die richtige Einstellung haben, dann war alles schön, hatte sie neulich beschlossen. Warum sollte sie dieses Kunstwerk wegwischen?

Während das Wasser heiß wurde, widmete sie sich der Körperpflege. Mit einem großen, cremefarbenen Quast puderte sie sich von Kopf bis Fuß mit wohlriechendem, italienischen Puder ein, fuhr mit dem weichen Quast in jede Speckfalte, und das waren viele. Dann setzte sie sich auf den kleinen Plüschhocker ihres Badezimmers, schnitt sich die Fußnägel, feilte die Fingernägel in Form und trug Nagellack in einem zarten Perlmutton auf. Zum Schluß bürstete sie sich sorgfältig die Haare, massierte ein wenig Klettenöl in die Spitzen und legte ein dezentes Make-up auf.

Im Kleiderschrank herrschte ein heilloses Durcheinander. Aber da ihr sowieso nur noch zwei ihrer Kleider paßten, war es der Mühe nicht wert, da mal aufzuräumen. Sie entschied sich für das grüne, ein leger geschnittenes, grünes Seidenkleid.

Wie köstlich es nach Kaffee duftete! Sie machte sich ein Kaffeetablett bereit und trug es in den Salon, streifte die rosa Pantoletten von den Füßen, schob sie unter den Diwan, ließ sich in den Sessel fallen, legte die Bücher vom Tisch und ihre Füße auf die freigewordene Stelle, stellte den Plattenspieler an — am liebsten hörte sie Opern — und schlürfte genüßlich ihren Kaffee.

Das Leben war wirklich herrlich. Seit sie aufgehört hatte zu arbeiten und vor allem seit sie aufgehört hatte, Rechnungen zu bezahlen, ging es ihr von Tag zu Tag besser. Früher war sie eine der zahllosen, schlechtgelaunten jungen Frauen gewesen, die einer langweiligen Arbeit in einem langweiligen Büro nachgingen. Eines Tages hatte sie beschlossen, daß sie von nun an nur noch für sich Kaffee kochen würde. Inzwischen hatte sie auch Bekanntschaft mit dem Gerichtsvollzieher gemacht, aber der war eigentlich ganz freundlich gewesen. Die eingehende Post sortierte sie für gewöhnlich nur kurz nach unangenehm und privat, und die unangenehmen Briefe, blaue mit Sichtfenster, weiße oder verschlossene graue — inzwischen brauchte sie nur noch das Papier anzuschauen und wußte schon, mit welcher Kategorie sie es zu tun hatte — stopfte sie in einen großen, blauen Müllsack. Am Anfang hatte die ungeöffnete Post sie beunruhigt, diffuse Ängste waren in ihr aufgestiegen, als ob dort plötzlich eine Bombe hochginge, ein Krokodil ausschlüpfte oder langsam eine Gefängniszelle wuchs. Aber nachdem in den ersten Wochen nichts dergleichen geschehen war, hatte sie die Angst verloren. Warum sie sich früher wegen ein bißchen Papier so aufgeregt hatte, verstand sie nicht mehr. Überhaupt dachte sie manchmal kopfschüttelnd an früher. Nie hatte sie Zeit gehabt. Immer mußte sie sich zusammenreißen. Die Zähne putzen, die Haare kämmen, die Wohnung saugen, Briefe tippen, abwaschen, Müll wegbringen. Zur Bank gehen. Zur Post gehen. Zum Arzt gehen. Arbeiten gehen. Einkaufen gehen.

Eigentlich hatte ihr gesamtes Leben aus Nebensächlichkeiten bestanden. Nie hatte sie es sich mal richtig gemütlich gemacht. Sie nahm die Füße vom Tisch, zog sie unter ihr breites Hinterteil und schmiegte sich in den Sessel. Ich und verhungern? Lachend erinnerte sie sich an das Gespräch mit Armin gestern abend. Mit lehrerhaftem Zeigefinger, ernstlich um ihr Wohl besorgt, hatte er auf sie eingeredet.

»Eines Tages wirst du die Miete nicht mehr bezahlen können, dann schmeißen sie dich raus. Und dann landest du in der Gosse.«

Sie hatte nur gelacht. Was sollte ihr schon passieren?

»Du wirst verhungern.«

Ich und verhungern! Sie klopfte sich vor Lachen auf die prallen Schenkel.

»Armin, da bist du aber viel gefährdeter«, hatte sie erwidert. Sprachlos hatte er erst an ihr, dann an sich heruntergeschaut. »Bis ich verhungere, dauert es mindestens ein Jahr«, hatte sie gelacht. »Ich hab Reserven.«

Diese Gedanken hatten sie so aufgeheitert, daß sie beschloß, doch noch ein wenig auszugehen, in den Park. Wie sie dort in voller Leibesgröße auf der Bank saß und vor sich hin schmunzelte, dauerte es nicht lange, bis ein unscheinbarer, schmaler Mann sich zu ihr setzte, sie in ein Gespräch verwickelte und bald so angetan von ihr war, daß er schier darauf brannte, ihr Pralinen schenken zu dürfen.

»Krokant? Oder Marzipan? Oder Rumtrüffel?«

»Krokant. Und Marzipan. Und Rumtrüffel.«

Er lachte und griff nach ihrer Hand. Gutmütig nahm sie die blasse, knochige Hand in die ihre, massierte sie ein wenig und legte sie in ihren Schoß. Sie blickte auf den Teich, wo die Entchen hin- und herschwammen und Tag für Tag von jemandem gefüttert wurden. Die arbeiteten auch nicht. Und doch bekamen sie genug ab. Alle hatten ihre Freude daran, sie zu füttern. Wozu kam man auch sonst in den Park? Sie waren sozusagen eine Marktlücke. Genau wie sie.

dirty little story 5

Am Fahrstuhlschacht auf die Toilette gehen / grüne Tür mit dem D / es ist 15 Uhr / eigentlich Beginn des Griechischkurses / die Klinke runterdrücken / ein Blick in den Spiegel / die Lippen knallrot vom Knutschen / Gebäude GA / »Wissen und Leidenschaft, Leiden und Wissenschaft« (Ideal) / alle Toiletten sind leer / ich nehme die linke / die ist am weitesten vom Eingang entfernt / ob es hier Pilze, Syph oder so was gibt? / schließe sorgfältig hinter mir ab / so heiß zwischen den Beinen / hänge meine Tasche über die Klinke / laß den Mantel langsam von den Schultern rutschen / streich mir über den Po / dieser enge Rock / neu und blau / leck mir die Lippen / der Rock ist so hüftig / schiebe ihn langsam hoch / weiße Netzstrümpfe / ob's mir kommt im Stehen? / drücke meinen Arsch an die Wand / es ist ganz ruhig hier / schiebe den Rock immer höher / fasse mir in den Slip / glitschig zwischen den Fingern / mein Lustsaft / klar und reichlich / die Lippen ganz prall / grünes Höschen / spitze rosa Schuh / weißes Netz an den Beinen / hochgeschoben der Rock / mein Fell / dunkles Haar / Nest in der Mitte / und mein Lustknubbel / lehne an der Wand / die Fliesen im Rücken / eine Hand im Höschen / die andere unterm Hemd / meine Brust so weich / genußvoll langsame Bewegung / immer heißer / als ob wir vögeln / hier / im Stehen / komm her, du / du auch und du auch und du auch / immer schneller der Atem / und du / nein, nur er / komm, wir machens im Stehen / ich halte mich an runterhängenden Ästen fest / den Minirock hochgeschoben / komm / um uns Felder und Frühling / in der Nähe die Hochhaussiedlung / ich liebe dich / meine Brustwarze jetzt hart wie eine Beere / Griechisch hat längst angefangen / oder wir gehen einen Porno gucken /

lauter Männer mit steifen Schwänzen / alle sind sie wild auf mich / aber ich nehme nur ihn / wir machens in der Uni / auf irgendeinem Flur / wo wir gerade sind / wir umarmen uns heftig / ich spür seinen Steifen / meine Finger immer schneller / der Boden leicht rutschig / ein sandiges Gefühl unter den Sohlen / immer wieder rosa / grün / weißes Netz / ein Ziehen / ich fasse dir an die Hose / ein explosionsartiger Frühling / die protzigen Kirschbäume / laue Luft / dein Schwanz / das dunkle Nest / weißes Netz an meinen Beinen / ich will deinen Saft / jetzt / deinen heißen Saft / eine heftige, heiße Welle / ein Pochen und Pulsieren in meinem Schoß / es rieselt Kirschblüten / wo bin ich / ich öffne die Lider einen Spalt breit / lecke mir über den Mund / schließe die Augen noch einen Moment / wieder anziehen / Hände waschen / salziger Geruch / Gesicht ganz verschwitzt / auch waschen / schön bist du / Spiegelgesicht / strahlend und entspannt / das grüne Papier saugt mir die Tropfen aus dem Gesicht / noch ein Lächeln beim Rausgehen / der Flur ist leer / dahinten gehen ein paar Studenten / wo ist GA 04/257?

Manchmal fehlten ihm bei dieser Frau einfach die Worte

Ihr schimmerndes, fast schwarzes Haar auf den samtigen Kissen in Rosenholz und Altrosa. Ihre schmalen Hände, die Haut der Ellenbeugen zart wie Blütenblätter in den weiten Ärmeln des weißen Morgenmantels. Ihre schwarzen Augen, als sie ihn ansah wie die Spinnenfrau. Ihr Mund, breit und blutrot.

Schnell, aber sorgfältig schloß er die Wohnungstür hinter sich, drehte den Schlüssel zweimal um. Er warf einen kurzen Blick in den Garderobenspiegel. Blätternder Goldrahmen, sein grüner Lodenmantel, nasses, vom Wind zerzaustes Haar.

»Na, schon zurück?« schmatzte sie und hörte nicht auf, sich von den Tellern, die sie vor sich aufgebaut hatte, abwechselnd Weintrauben und Krokantschokoladenstückchen in den Mund zu stecken. An der Kopfseite ihres Lagers standen auf einem lackroten Tablett zwei Gläser und eine bereits geöffnete, aber nicht angebrochene Flasche Rotwein bereit. Langsam und lasziv setzte sie sich auf, das Haar fiel ihr lose auf die Schultern, der Ansatz ihrer Brüste, der Mantel halboffen, ein campariroter Lippenstift, Läuseblut, dachte er kurz, zerquetschte Läuse. Wie Schneewittchen sah sie aus, so rot wie Blut, so weiß wie Schnee, so schwarz wie Ebenholz.

Ihr weißer Morgenmantel, ihre Oberschenkel, diese roten Lippen, »magst du einen Wein?« gurrte sie und schenkte ihm ein Glas ein, reichte es ihm mit ihrem schönsten Lächeln, stopfte sich weiter Weintrauben in den Mund. Dann sprang sie plötzlich auf, stapfte barfuß in die Küche.

»Wo ist der Käse?«

»Hab ich aufgegessen.«

»Waaas? Wann denn?«

»Heute morgen.«

»Hm«

Er hing den Mantel auf, sie kam zurückgestrumpelt, ein Braun wie Maronen, der Gürtel löste sich und hing an einer Seite lang, an der anderen kurz herunter, ihr fester, kleiner Bauch, den Bauch streicheln, so sanft, daß die feinen Härchen sich aufrichten, Orangensaft lief ihr aus den Mundwinkeln, sie hatte die Orangen mit dem Messer geviertelt und lutschte den Saft aus der Schale.

»Auch eine?« fragte sie und hielt ihm die Orangenstücke entgegen.

Manchmal, dachte er, liegt sie einfach nur da. Inszeniert zu einem schrillen Gemälde aus Tüchern, Blumen, Obst, Gemüse, Folien, Stoffen und dem Licht auf ihrem nackten Körper. Einmal hatte sie von allen Trockenblumen, die sie monatelang gesammelt und aufgehängt hatte, die Köpfchen abgerissen und sich mit den Blüten garniert wie eine Wurstplatte. Ein anderes Mal, das hatte er geradezu obszön gefunden, hatte sie sich ein Bund Petersilie zwischen die Schenkel gesteckt, so daß es aussah, als ob sie riesiges, blattgrünes Schamhaar hätte. Dann lag immer die Kamera neben ihr und er mußte sie fotografieren, sobald er von der Arbeit zurückkehrte. Eines dieser Fotos hatte sie vergrößert und gerahmt. Es hing an der Wand hinter ihr. Es zeigte einen nackten, mit Fischen belegten Frauenkörper, eine Scham, auf die sich die Mäuler der silbernen Fische richteten, ein Körper, ihr Körper.

Manchmal fehlten ihm bei dieser Frau einfach die Worte.

Sie fläzte sich mit den tropfenden Orangen auf die Kissen, hatte wohl kalte Füße bekommen, zog die Fersen unter den

Po, eigentlich verwunderlich, dachte er, wo die Heizung doch auf Hochtouren läuft.

Wenn Männer so was hätten, hatte sie ihm einmal erklärt, gäbe es an jeder Ecke einen Laden für Menstruationsbedarf, das schwör ich dir, hatte sie gesagt und ihn feurig angeblickt. An die Situation konnte er sich genau erinnern, sie hatten gerade gegessen, sie war plötzlich fuchsteufelswild geworden, weil er, wie sie fand, ebenso körperfeindlich sei wie der ganze Rest dieser beschissenen Gesellschaft. Dabei hatte er nur kurz ihre Toilette bemäkelt, nun ja, es war ihre Wohnung und da konnte sie tun und lassen, was sie wollte, aber warum sie, wenn sie doch Besuch erwartete, nämlich ihn, ihre benutzten Binden unbedingt an die Klotür kleben müsse.

In Sekundenschnelle hatte sie ihre gefährlichen, roten Flecken am Hals bekommen, die ihn augenblicklich in Alarmbereitschaft versetzten.

»Warum? Weil ich mich mal riechen wollte. Jawohl. Weil ich mal riechen wollte, wie das riecht.«

Sie war aufgesprungen, hatte sich mit den Händen kurz auf den Tisch gestützt und auf ihn herabgebrüllt.

»Hast du als Kind vielleicht nicht an deiner Kacke gerochen? Und deinen Samen hast du doch mit Sicherheit schon oft beschnüffelt. ›Wie Austern‹, hat mir mal einer gesagt. So was Blödes. ›Wie Austern‹«, äffte sie jemanden nach, den er nicht kannte.

»Weil ich mich mal riechen wollte, jawohl. Ich hab nämlich diese ganzen Intimdeos und diese Scheiße satt. Mein Körper ist doch keine Kloake oder eine Kanalisation oder sonst was Ekelhaftes. Ich bin immer stolz gewesen auf meinen Körper und auf das, was er hervorbringt.«

»Im Ernst, Jürgen«, bei diesen Worten war ihre Stimme

ganz leise geworden, »früher hab ich mich so geschämt, wenn ich meine Tage hatte, Uli hat dann immer ein Handtuch ins Bett gelegt.« Bei diesen Worten hob sich ihre Laune wieder. »Ein Handtuch. Zum Schießen!« Da prustete sie schon wieder vor Lachen und griff nochmal mit den bloßen Fingern in die Reste auf seinem Teller, zog eine Kartoffel durch die Soße und stopfte sie sich in den Mund.

»Und außerdem«, setzte sie mit vollem Mund noch hinzu, »außerdem sind die Klebestreifen hinten an den Binden dazu da, daß man sie an die Wand heftet, wozu denn sonst?«

Das mit den Binden hatte sie nach dieser Auseinandersetzung nie wieder gemacht.

Zum ersten Mal hatte sie ihn in Erstaunen versetzt, als sie — bevor sie eigentlich ihre »Beziehung« begonnen hatten — zusammen einen Ausflug ins nahe Mittelgebirge machten. Da hatte sie sich — mitten bei einem romantischen Spaziergang — breitbeinig über einen Bach gehockt, um sich zu waschen und er hatte er ihr zugeschaut, wie sie sich den Rock hochschob, unter dem sie offensichtlich nichts trug, und sich wusch wie die Katze, die er liebte. »Komm doch auch«, hatte sie gerufen, »is schöön!«

Inzwischen hatte sie ihn zu sich herunter auf die Kissen gezogen. Langsam begann sie, ihm an der Hose herumzunesteln. Sie griff in alle Taschen, nahm alles heraus und sagte jedesmal: »Aha!« als hätte sie ihn in flagranti erwischt.

Der Wohnungsschlüssel. »Aha!« Das Taschentuch. »Aha! Das hab ich mir gedacht.« Ein Notizzettel mit einer Telefonnummer. »Aha! Das kommt mir nicht noch mal vor.« Ganz langsam, als hätte sie unendlich Zeit, öffnete sie zuerst den Knopf, dann den Reißverschluß.

Diesmal hatte sie die Kissen mitten in den Raum drapiert. Draußen regnete es noch immer. Die Kirschzweige des alten Gartens schlugen ans Fenster.

So rot wie Blut, so weiß wie Schnee, so schwarz wie Ebenholz, dachte er und zog sich aus.

Den Sommer hat sie noch nie gemocht

Nachts träume ich, du und ich wären zwei Pflanzen,
die zusammen aufwüchsen mit ineinander verflochtenen
Wurzeln
und du kennst die Erde und den Regen so wie meinen Mund
denn aus Erde und Regen sind wir
(Pablo Neruda)

In einem Spiegel finde ich seine Augen wieder, die liegen hinter meinen Augen, als ob ihr Blick hineingebrannt wäre, für immer. Der Spiegel paßt genau in meine Handfläche, eine Scherbe aus dickem, stumpfem Glas, die ich in der Tasche mit mir herumtrage wie mein wichtigstes Utensil, seit Jahren, ach, Jahrzehnten. Mein Auge wie Moos, dahinter ein Wasser, ein Waldweiher, zwei Augen, drei Augen. Ich hauche an den Spiegel, ein Gesicht so nah an meinem, ein Atem, der den Spiegel beschlägt, sein Atem an meiner Wange. Sein Mund, in dem ich geborgen bin, im Hintergrund der Himmel, schwarze Äste vor grau.

Eine Lichtorgel zuckt in der Dunkelheit des Klassenfestes. Die Doors, die Beatles, die Stones, es wird später, die ersten müssen nach Haus, da legt einer je t'aime auf. Jane Birkin stöhnt im kleinen Saal des Gasthofs, das Rot zuckt langsamer, sie will nur ihn, den Dünnen mit den langen Haaren. Sie hockt auf dem Fußboden, da kommen knöchelhohe Stiefel, ein Stück behaartes Bein, Röhrenhosen, ihr schlägt das Herz bis zum Hals, er zieht sie hoch, sie tanzen, immer enger, küssen sich noch, als die Wirtin hereinkommt und das Licht anknipst. Sie sitzen nebeneinander an der Wand, zweimal Kordhosen und knöchelhohe Boots, sie hat ihr schönstes Hemd angezogen, schwarz, mit einer Schußwunde auf der Brust. Ihre Haare sind zerzaust, ihre Wangen feuerrot. Unter den Blicken der Wirtin zieht er seinen Arm weg, er hat ein gelbes Hemd an, auch ein gefärbtes Unterhemd, aus Amsterdam. In seinem Gesicht Haare wie Schamhaar, er ist der einzige in der Klasse, der sich auf keinen Fall rasieren will, die anderen sind stolz auf jede Rasur und kleben sich auf den kleinsten Ratscher ein großes Pflaster.

Zweige wie Kirschzweige, kalte Knospen, an denen Regentropfen hängen, nach denen sie die Zunge ausstreckt, ein tiefer, alter Brunnen, der Geschmack von Rinde, Waldboden und Kieselsteinen, November. Sie ist fünfzehn, er sechzehn, nach der Schule gehen sie in ihr Wäldchen, und küssen sich einen Winter lang. Er zieht sich die Kapuze ins Gesicht. Augen, Nase, Mund, alles andere ist natogrün, unter seinem Kinn baumelt eine Kordel mit einem Lederstück statt Knoten. Die Lennonbrille steckt er in die Tasche, die stört beim Küssen. Seine Augen, seine Wimpern, diese merkwürdigen, dichten, sehr geraden Wimpern. Heute schmeckt er nach Puffreis mit Schokolade. Er schlingt die Lippen um ihren Mund und küßt sie so sanft wie eine süße Frucht. Sein Mund muß riesig sein, da paßt sie ganz hinein.

Kein Erdbeben, keine Leidenschaft, ein Fluchtpunkt, eine Höhle mit dem Geruch von Regen und Wald. Sie lassen die Augen geöffnet, küssen sich immer tiefer, immer näher. Pupillen werden groß und schwarz, die Augen schmal, die Lippen feucht und warm. Sie schließt die Augen, etwas Weiches zupft an ihren Wimpern, eine Nase reibt sich sanft an ihrer Nase, als sie wieder auftaucht: ein Himmel und seine Augen.

Ein Anflug von Lächeln in seinem Gesicht. Seine Lider sind schwer geworden. Er gibt ihr seinen Mund, seine Lippen, sie ihm ihren Mund, ihre Lippen, immer wieder.

Ein Nachmittag im Dezember, sie schwänzt die Geigenstunde, endlich haben sie einen ganzen Nachmittag für sich. Schultasche und Geigenkasten hat sie in der Schülerkneipe deponiert, wo sie manchmal eine Cola trinken oder Teufel kaufen oder ein Mars. Sie gehen die schmale Asphaltstraße hinauf, vom Wäldchen in den Wald. Rechts der Straße steigt die Böschung zur Schule an, einem modernen Bau aus Glas und Beton, außerhalb der kleinen Stadt. Sie hat eine Vorliebe für abgetragene Kleidung, sehr zum Entsetzen ihrer Eltern, und friert in dem hellbraunen Dufflecoat, einem abgelegten Lieblingsstück ihres großen Bruders — ein Kindermantel, den er mit zehn trug. Die Ärmel reichen nur knapp über die Ellenbogen, sie trägt den Mantel als Jacke, die Weite reicht ihr, sie ist sehr schmal. Und sie mag die abgeschabten Holzknebel, das schwarz-braun gewürfelte Futter. Zu Weihnachten, das befürchtet sie schon jetzt, kriegt sie sicher einen ordentlichen Wintermantel, womöglich mit Abnähern. Die braunen Locken fliegen ihr wild um den Kopf, den Friseur verabscheut sie ebenso wie er.

Ihre Hand in seiner grünen Tasche, plötzlich bleibt er stehen, sieht sie an, lacht wie ein Mann und küßt sie, tief und lange. Lilla flicka, sagt er und drückt ihr noch einen Kuß auf den Mund, lilla flicka, kleines Mädchen. Sie tauschen die Jacken, das grüne Teddyfutter wärmt sie schon besser.

Weiter hinten, wo keine Autos mehr fahren, liegen auf der Straße noch Ahornflieger, die sie aufheben und hochwerfen. Dann kreiseln sie wie kleine Hubschrauber.

Es riecht nach Kalk und Zement. Eine klirrende Kälte, in einer Ecke stehen Schaufeln und Bierflaschen. Er nimmt sie in seine langen, schwarzen Arme, sein Gesicht so nah an ihrem, seine Wangen, sein Haar. Seine Lippen wie Pergament, Februar. Ein scharfer Ostwind pfeift durch die Baustelle, in der sie Zuflucht gesucht haben. Die neue Schützenhalle steht halbfertig am Waldrand, blickt aufs Dorf, auf die Kirche und verfällt. Dort lagen auch die Spiegelscherben. In einer Nische haben sie aus Backsteinen ein kleines Podest für sie gebaut. Sie ist einen halben Kopf kleiner als er, sie will nicht immer zu ihm heraufschauen und er nicht auf sie herab.

Ein Abhang, Eichenlaub, gelbe Erde und vertrocknete Grasbuckel, März und immer noch Winter. Der Himmel hängt schwer herab auf den Laubwald mit dem kleinen, steilen Hügel, einem Bach, den verwaisten Eisenbahnschienen. Weiter unten liegt der Bahnhof, auf dem Schweine verladen werden. Manchmal quieken sie stundenlang, manchmal liegen tote Schweine auf dem Misthaufen neben der Rangierrampe und frieren fest.

Sie haben eine dreiviertel Stunde, bis ihr Bus fährt, die sechste Stunde jeden Donnerstag, wenn sie beide schon früher freihaben. Eine dreiviertel Stunde, in der sie sich küssen. Die Pelzhandschuhe stopfen sie in die Manteltaschen. Sein weicher Mund greift nach ihren Lippen, sie knabbern zärtlich aneinander, blasen sich warme Luft in den Nacken. Er steht etwas tiefer als sie, sie öffnen die Mäntel und schmiegen sich aneinander, sein Schenkel in der schwarzen Kordhose zwischen ihren Beinen, sie faßt ihm an den Po, samtige schwarze Rippen, Breitkord. Sie spürt seinen Steifen, das ist schön, da? nein, etwas tiefer.

Die Kirchturmuhr schlägt eins, um 20 nach fährt ihr Bus.

Elstern flattern auf, Stimmen von Schulkindern, Lachen. Aus dem Augenwinkel sehen sie einen roten, einen blauen Anorak, eine Öljacke. Widerwillig lösen sie sich voneinander, er bringt sie zum Bus. Atemwolken steigen über ihnen auf, wie sie über das Kopfsteinpflaster der kleinen Straße gehen. Aus den Häusern riecht es nach Mittagessen. Schweigend gehen sie Richtung Bushaltestelle, ihre Hand in seiner grünen Tasche.

Ein offenes Feld, ein riesiger, weiter, dunkler Acker, durch den grüne Halme brechen, Getreide in Treckerspuren, darüber ein großer Himmel, lauer Wind. April. Erdschollen und ein Geruch von Frühling. Das hat etwas Beunruhigendes, damit kennen sie sich nicht aus. Amseln ziehen durch die Luft, Vögel tirilieren, auch das noch, vor Blau.

Augen wie Wunden, die Spuren eines schlechten Trips. Zwei Wochen haben sie sich nicht gesehen, er war fort, in einer Großstadt, sie weiß nicht, wo.

Die Nüstern von Pferden, die ihr das Gras aus der Handfläche knabbern, ein Wind in der Mähne, ein Knabbern am Hals und warmer Atem. Bucheckern und Tannenzapfen, Baumstümpfe, Gestein einer Endmoräne, die letzten Hügel, sogar Erz, bevor es Norddeutschland wird und flach bis zum Horizont.

Der erste warme Tag Anfang Mai. Die Sandalen haben sie längst ausgezogen und stehen barfuß im Flur der Schule. Die Fenster sind weit offen, die Sonne scheint herein und wirft helle Muster auf den Steinboden. Gleich wird es zum zweitenmal klingeln, die große Pause ist schon wieder vorbei. Zehen streichen über einen Fußrücken, am liebsten würden sie sich hinter den Mänteln verstecken. Er hat in Latein eine Sechs geschrieben und ihre Versetzung ist auch gefährdet. Immer will sie ihm was sagen und traut sich nicht. Irgendwas hat sich verändert. Nach dem Unterricht laufen sie in den Wald. Wenn sie sich küssen, ist alles wie früher.

Donnerstag, die sechste Stunde. Sie tritt aus dem Schulgebäude und geht langsam die Waschbetonplatten herab. An der Bushaltestelle drängeln sich die Schüler um die vordersten Plätze in der Schlange. Es ist warm geworden, ein plötzlicher Hitzeeinbruch Mitte Juni, alles ist warm und feucht. Den Sommer mochte sie noch nie. Da sieht sie ihn, auch er geht allein, sie läuft zu ihm, die Schultasche schlenkert in ihrer Hand. Was denn los ist. Er weiß auch nicht, was los ist. Unter seinen Augen tiefe, dunkle Ringe. Der Flaum an seinem Kinn ist zu einem Bart geworden. Er trägt ein weißes T-shirt, aus dem knochige weiße Arme ragen. Er sagt, er blickt nicht mehr durch. Sie gehen in ihr Wäldchen. Die Bäume sind voller zarter, grüner Blätter. Er ist so blaß wie nie. Die Wiesen sind voller gelber Dotterblumen und zartlila Wiesenschaumkraut. Sich da reinsetzen und Händchen halten? Schweigend stehen sie an dem kleinen Abhang und blicken hinab. Ein Eis essen? Ein wülstiger Wind faßt ihr unters Hemd. Der Wind ist warm, aber sie kriegt eine Gänsehaut. Sie legen sich auf einen Sonnenfleck und schauen nach oben, in die grünen Wipfel vor einem kräftigen Blau. Das Bunte, das war ihm schon immer zuwider. Sie preßt ein Ohr auf die Erde und meint, einen Maulwurf wühlen zu hören. Ihm krabbeln Ameisen die Beine hoch. Vielleicht sei er auch einfach nicht mehr verliebt, sagt er. Den Sommer hat sie noch nie gemocht.

Fragen Sie nicht soviel, Hélène

Im Winter lebten sie in dem großen Haus wie in einem stillen, dunklen Dorf. Das Haus, das Madame Boillard von ihren Eltern geerbt hatte, war so groß, daß ohne Probleme eine ganze Familie samt Verwandtschaft darin Platz gefunden hätte, ohne daß einer sich hätte eingeengt oder gar beobachtet fühlen müssen. Es gab fünf Bäder, etliche Salons, im Grunde war es viel zu groß für ein einziges Paar, es war für einen Clan angelegt. Mit verschiedenen separaten Eingängen, Flügeln, die nur in einer Jahreszeit bewohnt wurden, wenn dorthin die Morgensonne fiel. So räumte ich jeweils im Frühjahr Madames persönliche Sachen aus dem gelben Schlafzimmer in den niedrigen Seitenflügel, der auf den Garten hinausging. Dort gab es einen kleinen Balkon, der nachmittags in der Sonne lag, und Madame ließ sich, sobald das Wetter es erlaubte, ihren Nachmittagstee dort servieren. Aber das muß schon Jahre zurückliegen; seit Monsieur bei ihr lebte, duldete sie keinen Fremden in ihren persönlichen Räumen. Als ich meine Stelle antrat, direkt nach dem Tod ihrer Eltern, in der Zeit, da Madame noch damit beschäftigt war, Erbe und Nachlaß zu ordnen, kam ich ja jeden Tag. Ich weiß noch, wie sie mich bat, in der Stadt ein neues Türschild gravieren zu lassen. Früher hatte an der Tür der Name ihrer Eltern gestanden, Frederic und Anne Boillard. Nur Boillard, hatte sie gesagt, das reicht. Einen kurzen Moment hatte ich mich gewundert; wenn ihre Eltern Boillard hießen und sie verheiratet war, mußte sie doch nun einen anderen Namen tragen, aber was verstand ich von den modernen Ehegesetzen. Ich war damals neu in der Gegend, ich war froh, überhaupt eine Anstellung zu finden und hielt mich an das, was Madame mir am ersten Tag mit einem eindringlichen

Blick gesagt hatte: Fragen Sie nicht soviel, Hélène.

So fragte ich nicht, welche Krankheit Monsieur denn gehabt hätte, als er mir nach ein paar Wochen Dienst vorgestellt wurde. Er sei schwer krank gewesen, war alles, was sie mir sagte, und das mußte reichen. Monsieur mochte ich fast lieber als sie. Er war ein feiner, verträumter Mann mit sehr klaren, blauen Augen, die doch manchmal durch einen hindurchsahen, als wäre man nicht da.

Ich kann mich erinnern, einmal saßen die beiden auf der Veranda des blauen Salons, die Sonne fiel schon schräg durch die Bäume des ausgedehnten Gartens. Sie hatten wohl nicht gehört, wie ich zu ihnen trat und Monsieur war furchtbar erschrocken, als er mich bemerkte. Ruckartig zog er seine Hand aus der seiner Frau, stand auf und ging in den Garten. Ich hatte nur fragen wollen, was ich zum Abendessen kochen sollte, aber Madame war ebenso verstört wie er und sagte, sie möchte heute kein Abendessen, ich könne gehen.

Eines Tages, ich war gerade in der Waschküche beschäftigt, klingelte es an der Tür, das war ein Ereignis, denn wir hatten nie Besuch. Die Tür zwischen Waschküche und Flur stand offen und so hörte ich, wie sich jemand höflich vorstellte, jemand aus dem Dorf, vielleicht war es der Lehrer, und Madame war so abweisend, wie ich sie nie kennengelernt hatte. Ihm erzählte sie etwas ganz anderes, als ich gesagt bekommen hatte: Ihr Mann habe das Haus von seinen Eltern geerbt. François Boillard, vielleicht kenne der Lehrer den Namen. Er kannte ihn nicht, was sich aber leicht damit erklären ließ, daß die Eltern auch nur kurz dort gewohnt hätten, ein paar Jahre. Sie bat ihn nicht einmal hinein.

Sie lebten wirklich sehr zurückgezogen. Manchmal, wenn ich abends die Allee hinunter ins Dorf ging, fielen mir die Momente des vergangenen Tages ein. Manchmal wirkten sie so verliebt, daß ich mir wünschte, eines Tages auch zu heiraten. Chou-chou nannte sie ihn, er rief sie immer Bella, und das war sie auch, belle, eine wunderschöne, stolze Frau, mit langen, dunklen Haaren, die sie zu einem dicken Zopf wand, der ihr bis auf die Hüften reichte. Einmal, im Sommer, trug sie Schnecken, eine altmodische Frisur, die heute niemand mehr trägt, aber sie wirkte nicht altmodisch, sondern wie ein junges Mädchen.

In den ersten beiden Jahren war ich die einzige Fremde, die sie sahen.

Eines Tages im Herbst, die Blätter fielen schon von der Kastanie vor dem Haus, kam ein Brief, und mit diesem Brief fing — so glaube ich — alles an. Den Postboten sahen wir selten, und Madame hatte immer einen Ausdruck von Erschrecken in den Augen, wenn sie einen Brief entgegennahm, das verstand ich nie. Diesmal aber riß sie den Brief hastig auf, überflog ihn und fiel schluchzend ihrem Mann in die Arme. Tante Alma, weinte sie. Tante Alma. Ich dachte, vielleicht ist ihre Tante gestorben, aber die Tante war wohlauf und kündigte ihren Besuch für den nächsten Sonntag an. Von diesem Moment an war ihr unbekümmertes Turteln dahin. Für den ganzen Nachmittag verzogen die beiden sich in die Bibliothek im oberen Stock und schlossen die schwere Eichentür hinter sich ab. Das kränkte mich, denn ich hatte ihnen bisher — so war es mir zumindest erschienen — nie den geringsten Grund gegeben, an meiner Vertrauenswürdigkeit zu zweifeln.

Wie Madame es mir am ersten Tag eingeschärft hatte, hatte ich nichts aus dem Haus im Dorf erzählt, kein Sterbenswörtchen. Und ich war viel gefragt worden. Fast jeder, dem ich begegnete, wollte etwas über das Haus wissen, das mußte von der Zurückgezogenheit der Boillards herrühren, das machte die Leute neugierig. Nichts erfuhren sie von mir. Nichts.

Von diesem Tag an hing eine Schwere über dem Haus, eine große Sorge und ich spürte schon damals, daß es etwas gab, das ich nicht wissen durfte und auch niemand sonst.

Am Sonntag also sollten Tante und Cousinen kommen, und obwohl ich meine Dienste angeboten hatte, wollte Madame sie allein bewirten. So half ich ihr nur bei den Vorbereitungen, kaufte ein, putzte das Silber, legte den Braten in die Marinade. Als alles soweit gerüstet war, reinigte ich die Küche und begann, den Tisch zu decken. Ihre Augen, als sie in das Eßzimmer trat und ich gerade dabei war, die Suppenteller zu verteilen, diese Augen, die werde ich nie vergessen. Sie blitzten vor Zorn und Furcht. Ich hatte den runden Tisch, an dem die beiden sonst allein aßen, ausgezogen, damit für fünf Personen genug Platz war — die Tante wollte noch zwei Cousinen mitbringen — und für Monsieur und Madame an den gegenüberliegenden Stirnseiten des Tisches gedeckt, mit den silbernen Serviettenringen mit ihren Monogrammen, und dazwischen, an den Seiten, für Tante und Cousinen. Sie wurde zur Furie, meine immer so sanftmütige Madame wurde innerhalb von Sekunden zur Furie, riß das Damasttuch vom Tisch und mit ihm das gesamte Geschirr. Ich wußte gar nicht, wie mir geschah. Irgend etwas mit dem Tisch und der Sitzordnung mußte ihr nicht gepaßt haben, sie brach in Tränen aus und erklärte mir knapp, ich könne gehen und habe das Wochenende frei.

Wie ich mich verabschiedete, kam sie auf mich zu, sagte, es täte ihr leid, sie sei so überspannt. Und ich bräuchte heute nicht zu Fuß ins Dorf zu gehen, Monsieur werde mich mitnehmen. So geschah es dann, Monsieur fuhr mich mit dem Auto ins Dorf. Unterwegs erzählte er mir, er könne leider die Tante nicht begrüßen, er müsse dringend geschäftlich fort. Um den Mund hatte er einen wehen Zug, den ich sonst nicht von ihm kannte. Traurig sah er aus, als ich ihn von der Seite musterte, richtig traurig mit seinen wasserhellen Augen und dem wuscheligen, goldblonden Haar, das in dieser Gegend selten war.

Am Montagmorgen hatte sich plötzlich und ohne mein Zutun alles verändert. Auf meine Frage hin, wie der Besuch denn verlaufen sei, erwiderte Madame nur, ja, es sei sehr nett gewesen und die Tante werde von nun an regelmäßig kommen, aber im gleichen Atemzug eröffnete sie mir, sie senkte dabei die Augen, als ob sie sich schämte, leider ermöglichten ihr ihre finanziellen Mittel nicht mehr eine Hausangestellte und sie sei genötigt, meine Stelle auf einen Tag die Woche zu kürzen. Für mich war das ein Schlag, denn ich hatte sowohl Madame, wie auch Monsieur mit der Zeit ins Herz geschlossen und liebte das große, verwunschene Haus. Seufzend blickte ich aus dem Fenster auf die alte Trauerweide. Ich erinnere mich genau, wie die kleinen Fensterchen der Flügeltüren den mächtigen Baum in Quadrate zerteilten, von denen manche durch das unregelmäßige Glas leicht verzogen wirkten. Madame nahm meine Hand. »Hélène«, sagte sie, »bitte fragen Sie mich nicht«. Ihr Blick war so hilflos und verzweifelt, daß ich nicht zu protestieren wagte, sondern stumm nickte. Von nun an kam ich nur noch einmal die Woche, jeden Montag.

Aber das war nicht die einzige Veränderung nach diesem ersten Wochenende mit Tante Alma. Den ganzen Tag über räumten wir um, schoben Möbel, richteten neu ein. Madames privates Zimmer war das einzige, das blieb wo es war, in dem niedrigen Flügel, der über den Park blickte. Monsieur schraubte das Ehebett auseinander und wir schleppten es über Stiegen und Stufen aus dem gelben Zimmer in den Seitenflügel. An seine Stelle kam ein alter Sekretär. Zwei der zierlichen, gelben Sessel schleppte er auf die Winde, die anderen beiden kamen ebenfalls in das neue Schlafzimmer, das in einem abgelegenen, aber sehr großen Zimmer im Nebenflügel eingerichtet wurde. Ich hatte es bisher nur einmal anläßlich des Großputzes im vergangenen Jahr betreten. Wo früher die Sesselchen gestanden hatten, wurde ein bunt gemusterter Orientteppich ausgerollt, und darauf stellten wir die beiden Ledersessel aus dem Flur. Nun hatten wir zwei Salons, einen blauen und einen gelben, der jedoch fast nie benutzt wurde. Dann versuchten wir noch, Monsieurs Klavier aus dem blauen Salon in die Bibliothek zu verfrachten, schafften es jedoch nur bis in den Flur. So schoben wir es in den Salon zurück und Madame stellte eine spanische Wand davor, die es fast völlig verdeckte.

Ob irgend etwas nicht stimmte zwischen ihrer Familie und ihrem Mann? Ich hatte ja nun Zeit und überlegte oft hin und her. Fragen wollte ich niemanden, denn selbst wenn die Leute im Dorf etwas gewußt hätten, hätten sie mir wohl nur etwas erzählt, wenn ich ihnen als Gegenleistung Neuigkeiten aus dem »Spukschloß« verriet, wie das Haus im Dorf genannt wurde.

Da ich nun nur noch einen Tag die Woche bei den Boillards war, suchte ich mir Arbeit im Dorf und fand auch ohne Mühe eine Anstellung als Serviererin im »Roten Löwen«. Nun erfuhr ich aus erster Hand und ohne daß ich danach gefragt hätte, was man im Dorf so über die Boillards erzählte. Er sei wohl homosexuell, wurde gemunkelt, warum sollten sie sonst keine Kinder haben? Und was sie immer in der Stadt beim Arzt mache? Daß sie immer in die Stadt zum Arzt ging, war mir neu, aber es konnte schon stimmen, sie fuhr gelegentlich in die Stadt. Aber er homosexuell, das war ja lächerlich. So ein verliebtes Pärchen wie die beiden hatte ich noch nie gesehen. Jedesmal, wenn ich das blöde Gerücht hörte, sah ich sie wieder vor mir, wie sie im Sommer auf dem Balkon frühstückten und sich unter dem Tisch verstohlen die Hand drückten. Und beide sahen sie so glücklich aus, so entspannt, so hingegeben der Morgensonne auf ihren Gesichtern.

Dabei waren sie eigentlich gar nicht mehr so jung, sie mußten beide um die Vierzig gewesen sein, als ich bei ihnen anfing. Einmal fragte ich Madame, wie lange sie und Monsieur denn schon verheiratet seien, da lachte sie und sagte: »Ach, ich glaube schon immer!«.

Von jenem Montag an wurde alles anders. Obwohl ich mich nie dafür interessiert hatte, wurde mir nun erklärt, ich möchte bitte nicht mehr in den Nebenflügel gehen, das sei nun Monsieurs Bereich und er wolle nicht bei der Arbeit gestört werden. Dabei hatte ich den Nebenflügel nie besonders gemocht. Dort lagen die vielen, verwinkelten Zimmer mit Kleiderschränken voller Gewänder, Kostüme und Mäntel ihrer Mutter, in deren Taschen Mottenkugeln steckten. In einem Raum hingen alte Uhren und eine ganze Galerie von Familienbildern. Von den dunklen, schweren Möbeln ging etwas Beklemmendes aus. Mir war es nur recht, daß ich diesen Trakt nunmehr völlig meiden konnte. Vor der Tür, die dort hinaufführte, wurde ein Vorhang angebracht, so daß ich die Existenz der Räume dort oben sicher bald vergessen hätte, wären da nicht diese Geräusche gewesen. Das erste Mal hörte ich sie, als ich einen der Wandschränke in der Küche aufräumte. Ich war ausnahmsweise in der Woche da, da ich am Montag bei einem Fest im »Roten Löwen« servieren mußte. Die Geräusche kamen von recht weit, gedämpfte Stimmen, die durch einen der verborgenen Schächte, von denen es in alten Häusern ja viele gibt, merkwürdig verzerrt aus dem Schrank hallten. Ohne daß ich sagen könnte, warum, fühlte ich mich auf Anhieb in meine Kindheit versetzt, wenn einer meiner Brüder etwas angestellt hatte und mein Vater sie versohlte. Schläge hörte ich zwar nicht, aber eine entfernte, strenge Frauenstimme und ein leises Wimmern. Aber da war noch etwas anderes, das in diesen Stimmen mitschwang, eine Leidenschaft, die mich so sehr in ihren Bann zog, daß ich meinen Kopf in den Schrank steckte und lauschte, bis das leise Stöhnen und Sprechen zu Schreien wurde und plötzlich verstummte. Mit rotem Kopf räumte ich die Brottrommel wieder an ihre Stelle und beeilte mich, meine Arbeit fortzuführen.

Jetzt hatte auch ich mein Geheimnis und nicht selten, wenn ich in der Küche war, öffnete ich den Schrank und lauschte, während ich spülte, kochte oder Gemüse rüstete, den Stimmen aus dem Schrank.

Eines Montagmorgens erkannte ich Monsieur fast nicht wieder, als er mir die Türe öffnete. Er hatte sich die Haare gefärbt. Dunkelbraun.

»Wie, gefalle ich Ihnen nicht, Hélène?« fragte er, als ich ihn mit großen Augen anstarrte. Mir kam nur das Gerücht aus dem Dorf in den Sinn. Vielleicht war er ja doch homosexuell. Da kam Madame die Treppe herunter wie eine Königin. Ihr frisch gewaschenes Haar fiel ihr lose auf den seidenen Morgenmantel, und aus ihrem Blick wußte ich, daß zwischen ihr und Monsieur alles in Ordnung war.

»Er hat es mir zuliebe getan«, erklärte sie. »Ich hab manchmal so Ideen, ich wollte einfach sehen, wie er mit dunklen Haaren aussieht und ich finde, das steht ihm noch besser als blond, finden Sie nicht?«

Sie ging auf ihn zu und legte ihren Arm um ihn, wie um ihn einzurahmen und seine Schönheit noch besser zur Geltung zu bringen. Jetzt, wie er da so stand und verlegen lächelte, mußte ich zustimmen. Das Braun stand ihm gut, es war nur so ungewohnt.

Aber er hatte seit dem ersten Besuch von Tante Alma einen

wehmütigen Ausdruck in den Augen bekommen. Oft sah ich ihn lange am Fenster der Bibliothek stehen, er blickte auf die Trauerweide, die Rhododendren, die alten Bäume. Richtig schwermütig wirkte er, vielleicht war er gemütskrank? Dann, eines Tages, er hatte das viele dumpfe Starren wohl satt, erklärte er, er werde sich von nun an um den Garten kümmern. Und da gab es Arbeit genug.

Der Garten, eigentlich war es eher ein Park als ein Garten, erstreckte sich vom Haus bis an die ersten bewaldeten Hänge der Hügelkette, die das Gebiet des Dorfes von der Dordogne trennten. Im Sommer ging ich manchmal in den Garten, um ein paar Blumen zu schneiden, so wußte ich, daß sich hinter den Rhododendren ein kleiner, verträumter Weiher verbarg, in den die Zweige der umstehenden Bäume herabhingen. Noch weiter hinten hatte ich zu meinem Erstaunen ein Gartenhäuschen entdeckt, einen Pavillon, dessen grüne Farbe schon so verblichen und ungleichmäßig war, daß man ihn aus etwas Entfernung für ein Stück Natur halten konnte. Als ich per Zufall einmal beim Rosenschneiden darauf stieß, war ich so bezaubert von seiner idyllischen Lage, daß ich Blumen und Schere auf den Rasen legte und mich heranschlich, als ob ich etwas Verbotenes täte. Obwohl die Vorhänge zugezogen waren, konnte ich einen Blick ins Innere erhaschen. Es war ein vollständig eingerichteter kleiner Salon. Auf dem gobelinbezogenen Recamier lagen verstreute Wäschestücke von Madame, aus fein gearbeiteter schwarzer Spitze.

Monsieur harkte und sägte, pflegte die Blumen, um das Haus herum brachte er sogar die Zierbeete wieder auf Vordermann. Für mich jedoch bedeutete das nur mehr Arbeit, denn nun wurden die Früchte des Obstgartens, Äpfel, Quitten und Sauerkirschen, die seit Jahren trostlos an den Bäumen verfault oder von den Vögeln gefressen worden waren, zu Kompott,

Gelee und Marmelade verarbeitet. Aber ich machte das gern und Madame und ich hatten viel Spaß, wenn wir auf der Veranda saßen und Obst schälten und zerkleinerten. Da wir keine Schubkarre hatten, brachte Monsieur uns die Ernte immer in seiner blauen Gartenschürze, die er zusammenraffte wie eine alte Bäuerin.

In diesem Sommer kam auch die Tante seltener; es hieß, es ginge ihr gesundheitlich nicht gut.

Im Oktober kam dann jener schreckliche Tag. Als ich die Allee hinunterging, es war ein kühler Herbstmorgen und die Sonne war noch nicht durch die Wolkendecke gedrungen, sah ich schon von fern, daß etwas nicht stimmte. Ein fremdes Auto parkte auf dem Hof, die Haustür stand sperrangelweit offen und Monsieur stand Laub rechend unter der Kastanie, auch das war ungewöhnlich, denn er verabscheute es, bei feuchtem Wetter und ohne Sonne im Garten zu arbeiten.

Wie er mich sah, lief er auf mich zu. Sein Gesicht war um Jahre gealtert.

»Hélène«, stieß er hervor, »Hélène, es ist etwas Schreckliches passiert. Bitte versprechen Sie mir, daß Sie nichts sagen werden. Sie kennen mich nicht näher. Ich bin nur der Gärtner, verstehen Sie?«

»Der Gärtner?« fragte ich ungläubig.

»Ja, Paul, der Gärtner.« Schweigend sah er mich an.

Nun verstand ich gar nichts mehr.

Aber es wurde noch viel verwirrender. Als ich ins Haus kam, hörte ich fremde Stimmen, Frauen, die in großer Aufregung miteinander sprachen. Die Cousinen waren dageblieben, Madame stellte sie mir gleich vor: »Madeleine Frisson und Emile Dubois«, zwei eigentlich freundlich aussehende Damen, jünger als Madame und Monsieur, vielleicht Lehrerinnen. Ich setzte gerade Kaffee auf, um das Frühstück für die Herrschaften zu bereiten, als Madame zu mir in die Küche kam, die Tür sorgfältig hinter sich schloß.

»Hélène«, sagte sie, »hat Monsieur schon mit Ihnen gesprochen?«

»Ja«, erwiderte ich.

»Und wissen Sie schon von Tante Alma?«

»Nein.«

»Tante Alma ist verschwunden.«

»Verschwunden?«

»Ja. Gestern ist sie nach dem Tee noch einmal in den Garten gegangen und nicht wiedergekommen. Hoffentlich ist ihr nichts zugestoßen. Wir haben sie die ganze Nacht gerufen und mit Laternen den Garten abgesucht, aber keine Spur. Wenn wir sie bis Mittag nicht finden, müssen wir die Polizei holen.«

Als ich den Kaffee servierte, schnappte ich Gesprächsfetzen auf. Die Cousinen erzählten sich wieder und wieder den Ablauf des gestrigen Nachmittags.

»Und dann haben wir im Salon Tee getrunken. Sie saß in dem Korbsessel, von dem man den besten Blick auf den Garten hat. Die Trauerweide war nur noch in Umrissen zu erkennen, so dicht war der Nebel. Plötzlich wurde sie ganz bleich im Gesicht und sagte ...«, die Cousine brach in Schluchzen aus. »Und sagte, da im Garten sei ihr verstorbener Bruder. Wir versuchten, sie zu beruhigen, aber sie bestand darauf, ihren verstorbenen Bruder gesehen zu haben, nur sein Haar sei so dunkel gewesen. Um sie zu beruhigen, gingen wir mit ihr die Stufen herab und zur Trauerweide, aber da war niemand. Vielleicht hat sie ihren Tod geahnt ...«

Nun weinten beide Cousinen, Madames Gesicht aber war starr und ernst.

Ich war es dann, die sie schließlich fand. Den ganzen Tag

über suchten wir den Garten ab, kämmten vom Haus ausgehend jeden Busch ab, jedes Gestrüpp, jede der zahlreichen Tannen mit den ausladenden Zweigen, die den Park umgaben. Die Cousinen riefen immer wieder: »Tante Alma, Tante Alma«. Ihre schrillen Stimmen gellten unheimlich durch den Park, der den ganzen Tag in Nebel getaucht war. Am Nachmittag hatten wir uns endlich bis in die hinteren Regionen vorgearbeitet, und da lag dann ihr Schuh, ein schwarzer, eleganter Damenschuh mit einer kleinen, goldenen Schnalle, im Schilf des Weihers. Als ich ihn sah, wußte ich, daß die Tante tot war. Sie war ins Wasser gegangen.

Ein Leichenwagen wurde bestellt, der die Tote in die Stadt brachte. Der Arzt, der sie — wie es bei unnatürlichem Tod das Gesetz verlangt — untersuchte, stellte keine Einwirkungen von Gewalt fest und so wurde sie in aller Stille beigesetzt. Da die Familie nun fast ganz ausgestorben war, war es ein kleines Begräbnis. Nur Madame, Monsieur, die beiden Cousinen und ich. Madame und Monsieur blieben noch eine Weile am Grab stehen, während ich mit den Cousinen zwischen den alten, vermoosten Grabsteinen hindurch zurück zum Wagen ging. Ich blieb ein wenig hinter ihnen, um sie nicht zu stören, und hörte ungewollt, wie sie miteinander tuschelten. Es ging um Madame und Monsieur.

»Hätte sie uns doch sagen können, daß sie ein Verhältnis mit ihrem Gärtner hat, oder?«

»Natürlich«, erwiderte die andere, »ist doch nichts dabei ...«

Von da an kamen die Cousinen nie wieder. Mir schien, als ob wir alle aufatmeten, Madame, Monsieur und ich. Im nächsten Frühjahr räumten wir das Haus wieder um. Das Eheschlafzimmer wurde in den gelben Salon zurückverlegt, Monsieur schleppte die Sessel wieder von der Winde herab, und sogar der Vorhang vor der Tür zum Seitentrakt wurde wieder abgenommen.

Es war ein lauer Märztag, als Madame mich bat, ihr beim Aufräumen des Seitentraktes zu helfen. Wir schoben die Vorhänge beiseite, öffneten die Fenster und ließen die warme Luft hinein. Draußen sangen schon die ersten Vögel, Amseln und Drosseln. Die Sonne fiel — wohl das erste Mal seit Jahren — in die abgelegenen Zimmer. Ich weiß es noch genau. Madame hielt für einen Moment inne, streifte sich die Haare aus der verschwitzten Stirn und blickte über den Park. Monsieur war wieder mit der Gartenarbeit beschäftigt, ich glaube, er reinigte den Weiher von Schlamm und Morast. Ich stand an der Tür und überlegte, was man als nächstes machen müßte, alles einmal gründlich abstauben oder zuerst die Fenster putzen. Da trat Madame einen Schritt zur Seite und die Sonne, die ihr ins Gesicht geschienen hatte, fiel auf ein Bild an der Wand. Wie vom Blitz getroffen, zuckte ich zusammen. Da hing ein Bild, das ich noch nie gesehen hatte, das Portrait eines älteren Ehepaares. Madame stieß einen leisen Schrei aus. »Oh Gott, Hélène ...«

Ich konnte nichts sagen, meine Kehle war wie zugeschnürt. Der Mann war Monsieur wie aus dem Gesicht geschnitten. Die Frau hatte die stolzen Augen, den hellen Teint und das dunkle, lange Haar von Madame. Ihre Eltern. Ihrer beider Eltern. Erst jetzt verstand ich.

dirty little story 6

ein rotes Auto rattert durch Frankreich / wir kaufen Gemüse und belegen uns damit / Sonnenblumenfelder / ihr Blick im Rückspiegel / und machen Photos / der Zeiger des Tachos zittert bei hundertzwanzig / ich bin doch kein Gemüse / sie blättert die Zeitschrift um / eine Blondine räkelt sich auf einem Porsche / Markt unter Platanen / die Waagschale senkt sich / sie kaufen von allem ein Kilo / und nachher ein Festessen / sie hat breite Füße / die pralle Tasche nach oben schleppen / sie hat schmale Hände / die Holzdielen / da lauern die Läuse / Leinenlaken / soft / Mimi und Sandy / Klick / Rosenholz rutscht über die Schulter / die Tasche auspacken / rosa Haut / vorm Fenster die Pappeln / Puppengesicht mit Trockenblumen / Klick / Salatkopf im Arm / Klick / leg dich hin / Majoran in den Achseln / Thymian / Klick / Apfelbrust / Kullerpfirsich / Kürbisblüte hinterm Ohr / die Kameliendame / Klick / Astern auf dem Busen / Klick / Petersilie im Kräuselhaar / Klick / Hitze stülpt sich ins Zimmer / Radieschen zwischen den Beinen / Klick / Fische sternförmig um die Scham gelegt / Fische schwimmen die Lenden hinunter / Fische schwimmen die Beine hinauf / kalt und geschmeidig / Fischmaul / Klick / Gänsehaut / Hunde bumsen auf dem Dorfplatz / es ist zu heiß / grobes rotes Garn um die Taille / Perlmutthaut / Haut wie Feuer / Blumenköpfchen zerzupfen / rosa Blüten / Klick / Blätter / Klick / Feigen zwischen den Schenkeln / Klick / zieh dich aus / Klick / ihr Haar auf dem Laken / Klick / Mimi reißt die Tomatentüte auf / geh in die Hocke / ein blaues Fädchen / ein roter Kleks / Klick / Ackerwinden ranken die Schulter hoch / sie hat einen schönen weißen Hals / nachts tanzen sie Tango / Konfetti im Schuh / im Hemd / vin rouge / caresse-moi

Blaue Nächte, Weißer Rum

Die Kabinen waren noch kleiner, als ich befürchtet hatte. Über dem winzigen, in die Ecke geschachtelten Bett, in dem ich mich fühlte wie in einer sich langsam zuziehenden Plastiktüte, beulte sich aus dem weißem Kunststoff der Wand eine Ablage, die wie ein Bordcase in einem Flugzeug funktionierte und in die ich meine Wäsche stopfte. Es gab nicht mal ein Bullauge, und aus dem Hahn des Waschbeckens kam kein Tröpfchen.

Kaum hatte ich alles untersucht, klopfte es an der Tür. Harold, ein ca. vierzigjähriger Amerikaner, der die Kabine neben mir bewohnte, fragte, ob ich auch kein Wasser habe. Wie wir so auf dem Flur standen und debattierten, kam aus einer anderen Kabine Daisy, eine rothaarige, jugendliche Frau um die dreißig. Sie bot uns ihre Superpillen an für den Fall, daß die Seekrankheit uns erwische. Dann gesellte sich ein lustiger Kanadier, Fred, der mir schon am Tag vorher wegen seiner enormen blauen Segeltuchtasche in der Stadt aufgefallen war, zu uns, und schließlich Wolfgang, ein bärtiger, etwas ungepflegter Deutscher. Wolfgang trat in den ersten Tagen kaum in Erscheinung. Ich glaube, er schlief den ganzen Tag in seiner Kabine.

Harold, Fred und ich mochten uns auf Anhieb. Wenn wir nicht gerade aßen oder schliefen, lagen wir den ganzen Tag über in den Liegestühlen auf dem Deck. Harold, so erfuhr ich, war auf dem Rückweg in die Staaten, er hatte einige Jahre als Journalist in Südamerika verbracht und nahm nun seinen halben Hausstand wieder mit zurück. Fred hatte im Auftrag eines großen Schuhkonzerns den peruanischen Markt erforscht und freute sich nun, wieder zu seiner geliebten Pam nach San

Francisco zu kommen. Daisy saß zwar auch häufig bei uns, aber sie sagte wenig. Meistens las sie, Science-fiction-Romane, zog sich von Zeit zu Zeit die weißen Shorts zurecht und rauchte in einer Tour. Sie war eine jener breithüftigen Amerikanerinnen, die auf ihr Äußeres nicht sehr viel geben.

Schon bald wurde es mir schleierhaft, wie manche Leute von der Seefahrt so schwärmen können. Immer nur Wasser, Wasser und nochmals Wasser. Ständig blauer Himmel, selten mal ein aufspringender Fisch oder ein Schwarm Möwen, der unseren Abfällen nachjagte. Und das ständige Schwanken. Zwar wurde ich nie richtig seekrank, Daisy dagegen stopfte sich alle Stunde eines ihrer hellgrünen Dragees in den Mund, aber ich fand es unangenehm, geradezu aufdringlich, ohne mein Zutun dauernd gewiegt und geschaukelt zu werden.

Nach einer Woche legte Daisy ihre Schmöker beiseite, Wolfgang kam aus seinem Kabinendämmer herauf und von nun an verbrachten wir fast alle Zeit zu fünft. Auf dem Schiff wurde es zunehmend langweilig. So begannen wir, Karten zu spielen, Witze zu erzählen und — nachdem Harold entdeckt hatte, daß über den Steward, der uns jeden Morgen eine Plastikkanne mit Wasser vor die Kabinen stellte, auch andere Flüssigkeiten zu beziehen waren — weißen Rum zu trinken. Sobald wir nach dem Abendessen, das von Tag zu Tag lausiger wurde, wieder in unseren Liegestühlen saßen, holte er die Flasche hervor und sie ging herum, bis sie leer war. Nach und nach wurden unsere Gespräche immer übermütiger und vertrauter. In den schillerndsten Farben malten wir uns aus, wie es sein würde, wieder an Land, in 5 Tagen, in 4 Tagen, in 3 Tagen. Fred wollte sofort seine Pam anrufen, Harold brannte auf ein gepflegtes Essen in einem ordentlichen Hotel, ich wollte nur noch das dauernde Schwanken lossein.

Zwei Tage vor der Ankunft in einem panamaischen Hafen, was eigentlich nur als Zwischenhalt gedacht war, wir aber inzwischen alle als Ende unserer Schiffsreise ansahen, erfanden wir dieses Spiel. Irgendwie kamen wir darauf, daß wir uns die Zeit mit Geschichtenerzählen vertreiben mußten, aber keiner wollte anfangen. Nach einer Flasche weißen Rums kam uns dann endlich die zündende Idee. Wir bestimmten ein Thema und losten aus, wer erzählen sollte. In den letzten Tagen waren unsere Gespräche lauter, die Witze eindeutiger geworden. Auch wenn es keiner aussprach: Wir gierten vor allem nach Menschen, nach Berührung. Manchmal erwischte ich mich dabei, wie ich Harold anstarrte. Obwohl wir herzlich und offen miteinander sprachen, schien ein ungeschriebenes Gesetz über uns zu schweben. Annäherungen erotischer Natur waren ausgeschlossen. Es hatte etwas von einem Pfadfinderlager. Oder von einer Therapiegruppe: Jeder in seinem Liegestuhl, wie ein sich in der Sonne mehr und mehr öffnendes Schalentier, wie gezwungen zu dieser Öffnung, aber nicht wirklich in seinem Element.

Das Los fiel auf Fred, den rundlichen Kanadier mit Shorts, Schirmmütze, Rauschebart und dünnem Zopf.

»Ich?« fragte Fred empört. »Ich war noch nie verliebt. Dazu kann ich nichts sagen.« Alle brachen in prustendes Lachen aus. Er lehnte sich zurück. Er hatte die größten Ohren, die ich je gesehen habe. Nach einer Weile grinste er schelmisch unter dem roten Schirm hervor und kratzte sich genießerisch am Bauch.

»Also: Ich war 17. Sie hieß ...« Er überlegte.

»Sie hieß ...« Nachdenklich kratzte er sich wieder, diesmal hinter den Ohren, dann lachte er plötzlich.

»Ich weiß nicht, wie sie hieß.«

»Wie, du weißt nicht mal, wie sie hieß?«

»Nein.«

»Weißt du denn, wie sie aussah?«

Fred schnalzte verächtlich und zog die Augenbrauen hoch. »Blöde Frage. Sie arbeitete in der Apotheke, wahrscheinlich als Lehrmädchen. Ich machte damals auch eine Lehre, als KFZ-Mechaniker und war mordsmäßig stolz auf meinen Roller, eine echte Lambretta. Eines Tages mußte ich für meinen Chef Magentabletten kaufen. Ich war schnell in der Mittagspause auf den Roller gesprungen und losgejagt, aber als ich ihr gegenüberstand, einem engelartigen Wesen mit haselnußbraunen Augen und Haut wie ...« — er kratzte sich wieder — »und Haut wie ein Karnickelbauch, so weich und fein und rosa ... Also, als ich ihr gegenüberstand, wäre ich am liebsten gleich wieder rausgerannt, so sehr schämte ich mich plötzlich wegen meinem schmuddeligen blauen Overall. Aber sie lächelte mich an und piepste: Bitte schön? Ich glaube, ich wurde puterrot und brachte keinen Mucks raus, dann sagte sie nochmal: Bitte schön, was darf es sein?

Als ich den Laden verließ, ging ich wie auf Wolken. Ich wollte sie wiedersehen, wußte jedoch nicht, wie ich ihre Gunst gewinnen könnte. Ein- oder zweimal ging ich noch in die Apotheke, um Papiertaschentücher oder Salmiakpastillen zu kaufen, aber das brachte mich ihr nicht näher. Ich mußte sie zu einer Cola einladen, das stand fest. Und vorher mußte ich ihr beweisen, daß ich nicht so jung war, wie ich aussah. Ich bin ja nunmal nicht so groß mit meinen 165 cm, und darum wurde ich oft jünger geschätzt, als ich war. Ich mußte ihr zeigen, daß ich schon Erfahrung hatte, ein richtiger Kerl war. Endlich, beim Putzen der Scheiben einer großen Limousine, kam mir die zündende Idee. Am nächsten Tag nahm ich mir den Nachmittag frei, stieg in die Badewanne, schrubbte meine stets schwarzen Fingernägel, wusch mir das Haar, rasierte mich und stibitzte sogar noch meinem Bruder ein wenig Rasierwasser. Kurz vor Ladenschluß war ich bei ihr.

Bitte schön? piepste sie. Ich hätte gern Präservative, sagte ich mit meiner männlichsten Stimme. Ein Hauch von Rot stieg in ihre Wangen. Ja, gern. Einmal? fragte sie. Ich fand, einmal sei viel zu wenig, ich wollte öfter, viel öfter, eigentlich wollte ich immerzu. Ein Dutzend. Ja, gern, piepste sie wieder und verschwand im Hinterraum. Jetzt sah ich das erste Mal mehr von ihr als ihren Oberkörper. Sie trug Kniestrümpfe mit winzigen roten Troddeln an der Seite, die mich völlig begeisterten. Aufgeregt ging ich im Laden auf und ab. Es war eine alte Apotheke mit schönen, mahagonifarbenen Regalen mit weißen Porzellandosen, auf denen die lateinischen Namen der Kräuter und Pillen und Mittelchen angeschrieben waren. Sie hantierte im Nebenraum. Ich hörte, wie sie eine Leiter hochstieg. Meine Hände waren vor Aufregung ganz feucht. Wenn ich bezahlt hätte, wollte ich sie fragen, hatte ich mir vorgenommen. Darf ich Sie mal zu einer Cola einladen? Wie wärs mit einem kühlen Drink, Süße? Kommst du mit ins Venezia? Möchtest du mal auf meinem Roller fahren? Ich würde dann vor der Tür warten, bis sie Feierabend hätte.

Aus dem Nebenraum drang das Poltern herabpurzelnder Schachteln. Tritte von der Leiter hinab, dann kam sie wieder in den Laden, den Arm voller Schachteln. Jede einzelne war so groß wie eine Zigarrenkiste. Ich bekam einen Schrecken. Ich hatte noch nie Präservative gesehen, geschweige denn gekauft, aber daß sie so groß sein würden, hatte ich nicht gedacht. Dann stellte ich mir vor, wie groß mein Glied war, wenn es stand, so wie jetzt, und das war enorm groß. So gesehen, wenn man eine Gummikappe darüberstülpen wollte, mußte die schon ein ziemliches Format haben.

Sie türmte die Schachteln auf den Ladentisch und würdigte

mich keines Blickes. Nur einmal, als ich ihr den Rücken zugewandt hatte und mich unerwartet schnell umdrehte, sah ich, daß sie mich beobachtet haben mußte, denn sie zuckte zusammen und schlug die Augen nieder. Sie verpackte die Schachteln eine nach der anderen in braunes Einwickelpapier, dann nochmal alle in einen großen Bogen. Es war ein enormes Paket, hinter dem sie kaum mehr hervorsah. Dann begann sie mit der Abrechnung. Anscheinend war sie neu in dem Geschäft, denn es dauerte ewig, bis sie endlich alles zusammengerechnet hatte. Sie tippte auf einer alten, schwarzen Kasse, schob die Hebel rauf und runter, schnaufte ärgerlich, schimpfte, tippte erneut, hatte sich wieder vertan. Erst beim dritten Versuch klappte es und sie präsentierte mir die Rechnung. Ich wurde ganz blaß vor Schreck. Das war fast mein gesamter Lehrlingslohn. Soviel hatte ich gar nicht bei mir.

Während ich panisch überlegte, was ich nur tun sollte, öffnete sich die Tür und ein junger Mann, zwei Köpfe größer als ich und doppelt so breit, kam herein. Er ging geradewegs auf sie zu und gab ihr einen Kuß auf die Wange. Am liebsten wäre ich davon gelaufen. Das mußte ihr Freund sein. Ich überschlug im Kopf meine Barschaft und sagte kleinlaut, ein Dutzend sei vielleicht doch zuviel, ich wolle nur drei. Ärgerlich packte sie das Paket wieder aus. Der junge Mann, er trug Motorradstiefel und Lederhosen, musterte mich abfällig. Sie riß das Papier auf und die 12 Pakete purzelten zu Boden. Drei davon nahm sie und wickelte sie erneut zu einem Päckchen zusammen. Der junge Mann trommelte ungeduldig mit den Fingern auf den Ladentisch. Als ich endlich die Rechnung präsentiert bekam, war es immer noch fast soviel, wie ich überhaupt bei mir hatte.

Zuhause öffnete ich eine der Schachteln und war nicht wenig erstaunt, darin noch zwölf weitere Schachteln mit je einer glitschigen Plastikhaut zu finden.

Ich schenkte sie meinem Bruder.«

Der Steward rief uns zum Essen: Spaghetti mit Tomatensoße.

In dieser Nacht schlief ich schlecht. Ich wälzte mich hin und her, stand wieder auf, versuchte zu lesen, legte mich wieder hin, versuchte zu schlafen, lag wach. Freds Geschichte hatte in mir die Erinnerung an Mirko geweckt. Ich zog sein Foto hervor und stellte es auf die winzige Kunststoffablage, die mir als Nachttisch diente. Er hatte dunkelbraune, sinnliche Augen, in denen unsere Nächte aufblitzten.

Noch am Abend vor der Abreise hatte ich ihn aus einer Spelunke im Hafen angerufen. Ich hatte seine Stimme noch genau im Ohr. »Ich habe es mir überlegt«, sagte er, »ich möchte doch lieber fünf Kinder als drei.« Wäre es nicht so teuer gewesen, hätten wir noch auf 2.000 km Entfernung Telefonsex gemacht.

Als ich aus der Telefonzelle kam, hätte ich mir am liebsten den nächstbesten Matrosen gegriffen und in eine dunkle Ecke gezerrt.

Gleich morgen würde ich ihn anrufen und bitten, mir telegrafisch Geld für ein Flugticket zu schicken.

Nachts träumte ich:

Ich bin auf einer Rolltreppe. Es ist voll und kalt. Ich fahre nach unten. Ein Gesicht schwebt an mir vorbei nach oben. Mirko. Dann fahre ich nach oben. Wieder schwebt das Gesicht an mir vorbei, diesmal nach unten. Mirko. Ich will die Rolltreppe runter laufen, aber alles ist voller Menschen. Sie lassen mich nicht durch. Dann sehe ich nur noch sein Gesicht. Wir sind im Supermarkt. Er bewegt sich sehr langsam, federt bei jedem Schritt einen halben Meter hoch. Fast schwebt er.

Er biegt bei den Gemüsekonserven um die Ecke und fliegt auf mich zu. Alles ist voller Erbsen. Die Erbsen sickern nach unten weg wie in einen Trichter. Wir liegen in der grünen Masse und versuchen, uns zu erreichen. Aber alles bewegt sich. Wir rutschen tiefer, werden hin- und hergeworfen wie in einer großen Mischmaschine und haben keinen Halt. Er ruft nach mir. »Wir wollten doch drei Kinder.« Seine Stimme hallt durch eine Fabrikhalle. Endlich erwische ich den Rand des silbernen Bottichs und kann mich herausziehen. Ich bin in einer kahlen, weißen Halle. Mirko hat einen weißen Kittel an und bedient ein Schaltpult. Der Boden unter mir beginnt, sich heftig zu bewegen. Es ist eine Art Fließband. Mirko steht neben mir. Das Rütteln des Fließbandes wirft mich gegen ihn. Dann steht es plötzlich still. Endlich habe ich wieder festen Boden unter den Füßen. Ich atme auf. Wir nehmen uns an der Hand und steigen vom Fließband. Er legt seinen Arm um mich. Wir sind geil. Er faßt an meine Schulter und zieht meine Kleider herab wie eine Schlangenhaut. Die Nähte lösen sich auf wie nichts. Ich stehe nackt vor ihm. Wir wollen uns lieben, aber seine Haut hat keine Öffnung. Sein Körper ist weiß und hart. Alles ist weiß und hart. Wütend schlage ich gegen seine Brust. Meine Hand tut so weh, daß ich davon erwache. Es ist dunkel und ich liege direkt an der Wand. Das Schwanken ist plötzlich vorbei. Wir haben den Hafen erreicht.

»Es tut mir leid«, sagte der Kapitän, »Sie dürfen das Schiff nicht verlassen.« Breitbeinig hatte er sich vor unserem Frühstückstisch im Eßraum aufgebaut. Harold sprang empört auf. »Wie, das Schiff nicht verlassen?«

»In Panama herrscht Ausnahmezustand, in manchen Gebieten wird gekämpft. Die Einreise für Touristen ist gestern Abend gesperrt worden. Wir werden nur kurz ab- und beladen und morgen früh wieder auslaufen. Selbst wenn ich wollte, ich darf Sie nicht vom Schiff lassen. Als Kapitän bin ich verpflichtet, solche Bestimmungen zu beachten und für die Sicherheit meiner Passagiere zu sorgen. Tut mir leid. Noch einen schönen Tag.«

Er drehte sich auf dem Absatz, warf die Schwingtür hinter sich ins Schloß und verschwand in den für uns verschlossenen Teil des Schiffs. Wir kochten vor Wut.

»So ein Mist.« Daisy sprang auf, nahm ihren Teller, der noch zur Hälfte mit den unsäglichen Spaghettis gefüllt war, die wir seit zwei Wochen mindestens einmal täglich vorgesetzt bekamen und knallte ihn auf die Tischplatte, so daß er in der Mitte entzweibrach.

Wir dachten alle Möglichkeiten durch: Uns mit dem Beiboot selber abseilen und einfach verschwinden. Dem Kapitän Geld anbieten. Einen der Matrosen bestechen, damit er uns aufs Festland brachte.

Gegen Mittag saßen wir immer noch in dem Eßraum, schimpften und überlegten fieberhaft. Aber es schien aussichtslos. Keiner von uns hatte genügend Geld, um einen der Matrosen um einen kleinen Gefallen bitten zu können, und mit den Beibooten kannte sich erst recht niemand aus. Und wie sollten wir an unser Gepäck kommen — Harold hatte immerhin sechs ausgewachsene Überseekoffer bei sich — wenn wir unbemerkt von Bord gingen?

Zum Mittagessen gab es schon wieder Spaghetti, wie gestern, vorgestern, den Tag davor, die ganze letzte Woche. Unsere Laune sank auf den Nullpunkt.

Grimmig setzten wir uns in unsere Liegestühle auf dem Deck. Zu allem Überfluß hatte der Kapitän uns einen der Matrosen als Wächter zur Seite gestellt, einen lasziven Mulatten mit unverschämt frechen Augen. Er bewachte den Ausgang.

Plötzlich waren wir Gefangene.

Diesmal fiel das Los auf Wolfgang. Er sollte eine Geschichte mit einem Taxi erzählen. Er lachte verlegen, stand auf, stopfte sich sein verwaschenes grau-grünes T-Shirt in die Hose, setzte sich wieder.

»Muß ich mal überlegen«, murmelte er, legte die Fingerkuppen beider Hände aneinander, so daß sie eine Art gotischer Kuppel bildeten und schloß die Augen. Ich hatte ihn noch nie bewußt angesehen, vermutlich weil ich nicht wollte, daß er mich ansah und so betrachtete ich jetzt ausgiebig seine dünnen Arme in dem schlotterigen T-Shirt, die unvermeidlichen deutschen Birkenstocksandalen an den Füßen. Aber er hatte ungewöhnlich schöne, schlanke Hände und einen fein gezeichneten Mund. Wie meine Augen sein Gesicht abtasteten, zuckte mit einem Mal ein Lächeln in seinen Zügen. Er öffnete die Augen.

»Ist jemand von euch schon mal aus einem Taxi geworfen worden?«

»Wie, bei voller Fahrt?«

»Nein. Der Fahrer ist vor Schreck vor ein Schild gefahren, dann hat er uns rausgeschmissen.«

»Was hast du denn angestellt?«

»Ja, nicht ich.«

»Wer denn?«

»Loretta.«

»Und wer war das?«

»Eine Freundin. Es war so:

Wir hatten zwei Wochen Urlaub auf Korsika gemacht, mein Freund Rudi und ich. Morgens gegen 10 kamen wir mit der Fähre in Livorno an und genehmigten uns erstmal am Hafen ein Bierchen. Wir waren zu dritt, Rudi hatte auf Korsika eine dralle Halbitalienerin kennengelernt, Loretta, die uns nun ein wenig die Stadt zeigen wollte. Noch auf dem Schiff hatten wir uns gestritten, ob wir überhaupt zusammen weiterreisen sollten, denn Loretta machte nachts einen solchen Krach, daß wir aus dem Hotel geflogen waren. Deshalb mußten wir auch Korsika verlassen, denn es war Hauptsaison und kein Hotelzimmer mehr zu haben, wirklich nichts. Im Ernst, so was hab ich noch nie erlebt.«

Er schüttelte grinsend den Kopf.

»Sie schrie so laut, daß der Portier anklopfte und fragte, ob alles in Ordnung sei. Im Hafen also, nach einem Bier, vertrugen wir uns wieder und machten uns auf in die Stadt. Es war grausam heiß, und dazu stank es noch überall nach alten Fischen und Auspuffgasen. In jeder zweiten Kneipe kehrten wir ein und nahmen ein Gläschen von dem guten Rotwein der Region. Gegen Abend waren wir so angeheitert, daß wir uns eher schwankend als gehend durch die Gassen bewegten. Loretta führte uns. Nach den Kneipen zeigte sie uns nun die Plätze. In der Mitte des zweiten Platzes stand ein schöner, alter Brunnen. Friedlich plätscherte das Wasser aus dem Maul eines dicken Fisches. Als sie das sah, war es um Loretta geschehen. Im Handumdrehen zog sie sich aus und schon saß sie im Brunnen. Glücklicherweise trug sie wenigstens einen Bikini unter ihrem Kleid. Hingebungsvoll stellte sie sich unter den dünnen Wasserstrahl und ließ es sich auf die Brust prasseln. Schon begann sie wieder zu stöhnen. Peter und ich folgten ihrem Beispiel und kletterten auch in den Brunnen, aber Loretta war viel wilder als wir. Sie spritzte und planschte, bis die ersten Fensterläden sich öffneten und italienische Mamas böse Blicke herabwarfen. So zogen wir weiter, von Brunnen zu Brunnen. Inzwischen war es dunkel geworden und unser Treiben fiel nicht einmal auf. Die halbe Nacht waren wir unterwegs. In einem der Brunnen lebten sogar Frösche, sie quakten empört.

Als wir genug hatten, stiegen wir in ein Taxi und wollten zu unserem Hotel fahren. Kaum waren wir eingestiegen, wurde Loretta ihr nasser Bikini unangenehm und sie versuchte, sich das Höschen auszuziehen. Da sie hinten saß, konnte der Fahrer sie im Spiegel beobachten. Er glotzte ihr die ganze Zeit ins Dekolleté. Sie bemühte sich, ihren Oberkörper so steif wie möglich zu halten und hantierte mit den Händen verzweifelt an der klatschnassen Hose. Es gelang ihr nur, sie bis zu den Knien herabzuzerren. Dann merkte ich, wie hinten das übliche Gefummel losging. Ich saß vorn und versuchte, den Fahrer abzulenken und ihn mit meinem wenigen Italienisch in ein Gespräch zu verwickeln. Das gelang mir sogar. Er erzählte von seinem Cousin in Dortmund. Plötzlich stieß Loretta einen ihrer markerschütternden Schreie aus. Ich weiß nicht, was Rudi gemacht hat. Nachher behauptete er, er habe ihr nur ans Knie gefaßt. Vor Schreck riß der Fahrer das Steuer herum und prallte vor ein Verkehrsschild. Wutentbrannt drehte er sich um, sah Loretta jetzt an dem Höschen herumzerren, das ihr bis auf die Waden herabgerutscht war.

Wir mußten auf der Stelle aussteigen. Als wir 20 Meter von seinem Wagen entfernt waren, entdeckte er, daß alle Sitze bis auf seinen klatschnaß waren und beschuldigte uns lauthals, ihm das Auto vollgepißt zu haben. Wutschnaubend startete er den Wagen wieder und fuhr schimpfend neben uns her. In der Hoffnung, ihm zu entkommen, liefen wir die ganze Strecke bis zum Hotel, und das waren sicher noch anderthalb Kilometer.«

Den Nachmittag über luden die Matrosen das Schiff ab. Was in den Kisten war, die von Bord geschleppt wurden, wußte ich nicht, aber was neu hinzugeladen wurde, hatte jeder von uns bald in der Nase: Kakao. Es war merkwürdig, aber durch den Geruch des Kakaos und die laue, mal nach Hölzern, mal nach Früchten, mal auch nur faulig riechende Luft, die von der Stadt her zu uns herüberwehte, gerieten wir in eine Erregung, der wir uns kaum widersetzen konnten. Lange saßen wir so in unseren Liegestühlen, einer schimpfte lauter als der andere. Wir blickten auf die Stadt, die sich an den Hängen eines kleinen Hügels heraufzog und uns nur bis in ihren Hafen ließ, wo außer unserem nur wenige größere Frachter lagen, der Rest waren Kriegsschiffe.

Vor dem Zollgebäude, das wir genau erkennen konnten, prangten riesige Fächerpalmen, die sich vor blauem Himmel in der Meeresbrise wiegten. Wenn man genau hinsah, konnte man davor sogar farbige Flecken ausmachen, feuerrote, weiße, blaue, Menschen, die in dem kleinen Park flanierten. Die Matrosen hatten offensichtlich Stadtgang bewilligt bekommen. Wir beneideten sie heiß, als wir sie lachend und ihre Mützen schwenkend von Bord gehen sahen.

»Die Jungs gehen jetzt alle ins Bordell«, meinte Harold. »Da oben, das weiße Gebäude auf dem Hügel, das ist das beste. Stimmts, Johnny?«

Er zeigte auf die Prunkvilla über der Stadt und warf Johnny einen fragenden Blick zu. Johnny grinste breit, malte die Umrisse einer üppigen Frau in die Luft und schnalzte anerkennend. Harold war schon öfter in dieser Stadt gewesen und hatte uns in den letzten Tagen bereits Restaurants, Plätze und Viertel empfohlen. Jeden Abend um sieben kämen die Vögel, hatte er erzählt, Schwärme von schwalbenartigen Vögeln, die sich auf sämtliche Leitungen setzten, laut tschilpten und unter sich auf den Straßen große, graue Flatschen hinterließen.

»Es ist das berühmteste Bordell Mittelamerikas«, fuhr Harold fort. »Aber es ist auch das teuerste. Da ist nur der Kapitän. Die Matrosen sind weiter unten in den Gassen. In der ganzen Stadt wimmelt es nur so von Huren — und eine ist schöner als die andere.«

Die drei Männer warfen sich vielsagende Blicke zu.

»Nun erzähl schon«, forderte Fred ihn auf. Harold wand sich, begann dann aber schließlich doch.

»Vor Jahren war ich einmal mit meiner damaligen Frau hier. Wir wollten ein paar Wochen ausspannen, in südliche Atmosphäre eintauchen und so bestellte ich telefonisch ein Zimmer im Escorial, wo ich schon früher immer gewohnt hatte, wenn ich geschäftlich in der Gegend war. Das Hotel war besonders schön, ein prunkvoller Jugendstilbau, dessen Hotelhalle eine Decke aus buntem Glas zierte. Als ich anrief, war die Verständigung schwierig, der Bursche am Telefon sprach kaum Englisch und im Hintergrund kreischte ein Papagei. So verstand ich nicht alles, was er sagte, aber er bestätigte mir mehrmals ja, wir sollten nur kommen. Wenn ich etwas geahnt hätte, wäre ich nie mit Sally dorthin gefahren. Nie hätte ich ihr so etwas zugemutet. Wirklich, nie. Nur, wie es dann endete ...«, er stand auf und ging unruhig auf und ab ... »das hätte ich mir nicht zugemutet.«

Wir spürten, daß ihn etwas bedrückte und ermunterten ihn, sich auszusprechen. Die ganze Fahrt über war er ernst und in sich gekehrt gewesen.

»Sally und ich«, begann er leise, »kannten uns vor unserer Ehe erst kurz, bestenfalls ein halbes Jahr. Ihre Eltern planten, aus der Gegend fortzuziehen und unter dem Druck der Umstände — ich war das erste Mal im Leben richtig verliebt — machte ich ihr einen überstürzten Heiratsantrag. Ich war ganz verrückt nach ihrer glatten, geschmeidigen Haut und den lustigen Grübchen in ihren Wangen. Sie trug damals ihr volles, lockiges Haar zu kleinen Schwänzen gebunden, die zu beiden Seiten des Kopfes abstanden wie zwei wippende schwarze Bälle.

Sie willigte sofort ein und da auch ihre Eltern keine Einwände hatten, im Gegenteil, sie schienen auf merkwürdige Art erleichtert zu sein, heirateten wir in der Woche bevor sie abreisten und ins 600 Meilen entfernte Ohio zogen.

Die Ehe mit Sally war schwierig, ja fast aussichtslos. In der Hochzeitsnacht stellte ich zwar erstaunt fest, daß sie nicht mehr Jungfrau war, aber zu empfinden schien sie nichts, gar nichts. Sie lag unter mir, so steif und kalt, wie eine Frau nur sein kann. All unser ungestümes Geherze und Geschmuse war plötzlich dahin. Ich bat sie inständig, es mir zu erklären, aber sie sagte unter Tränen, sie habe einmal etwas Furchtbares erlebt und ich möge doch bitte Geduld mit ihr haben, sie liebe mich über die Maßen.

Ich hoffte, daß eine andere Umgebung ihr vielleicht gut tun würde und war stolz, meiner kleinen Sally ein wenig die Welt zu zeigen.

Es war eine laue, blaue Nacht, als wir im Bahnhof ankamen, verschwitzt und ermüdet von der Fahrt. Wir nahmen ein Taxi. Der Chauffeur fragte zweimal nach, als ich den Namen des Hotels nannte. Als wir in die Straße einbogen, fiel mir auf, daß hier jetzt viel mehr Leute unterwegs waren, als ich in Erinnerung gehabt hatte.

Das Hotel war in den wenigen Monaten, die seit meinem letzten Besuch verstrichen waren, völlig heruntergekommen. Statt des Portiers, der mir sonst immer die Tür geöffnet und die Koffer abgenommen hatte, stand ein stämmiger, schmuddelig wirkender Kerl von hünenhafter Gestalt an der Tür. Die prächtige Hotelhalle war mit asiatischen Paravents in verschiedene Sitzecken unterteilt, aus denen aufgeregtes, albernes Gekicher junger Mädchen drang. Erst nach eindringlichem Umherblicken entdeckte ich die Rezeption. Dort stand auch das Telefon, von dem aus man mir meine Reservierung bestätigt hatte, denn gleich daneben hing der Käfig mit dem Marabu, einem wunderschönen Tier mit einem riesigen gelgen gelben Schnabel, der im Hintergrund gekrächzt hatte.

In den üppigen, aus dunklem Holz geschnitzten Ranken der Frontseite hatte sich Staub abgesetzt. Früher war alles wie frisch poliert. Ich drückte auf die Glocke, die dort bereitstand, aber es passierte nichts. Früher war dann immer ein ganzer Schwarm hilfreicher Geister herbeigesprungen. Ich klingelte ein zweites, ein drittes Mal. Da kam endlich eine schreckenerregende Gestalt aus dem Hinterraum, ein fetter, kräftiger Kerl mit einem Goldzahn und einem aufdringlich karierten Sakko. Ich konnte mich nicht erinnern, ihn je hier gesehen zu haben. Aber er konnte sich an mich erinnern, besser an meine Stimme, ich hätte ein Zimmer bestellt, jawohl, bestätigte er und verschwand wieder in dem Hinterraum. Ich hörte ihn mit jemandem reden, verstand aber nicht, was er sagte.

Während wir ungeduldig von einem Bein auf das andere traten, ratlos, müde, harrend der Dinge, die da kommen sollten, sahen wir plötzlich hinter der ebenfalls geschnitzten Seitenwand der Rezeption Haut aufblitzen und Rot und Schwarz. Ein schwerer Moschusgeruch drang in meine Nase. Eine Reihe junger Mädchen preßte sich gegen die halbdurchsichtige Wand. Sie mußten sich herangeschlichen haben, um einen Blick auf die seltsamen Fremden zu werfen. Einen Moment lang herrschte Stille, dann kicherten sie plötzlich, schüttelten sich aus vor Lachen wie ein Schwarm wilder Vögel, dann blitzte an der Seite ein Paar schwarzer Augen auf, dann noch eines, ein Bikini, ein Negligée, schwarze Strapse, hohe Hacken, kaum verhüllte jugendliche Brüste, nun gab es keinen Zweifel mehr, wir waren in einem Bor...«

Bei diesen Worten zuckten wir plötzlich zusammen. Ein ohrenbetäubendes Geratter, ein Wind, als ob ein Orkan ausgebrochen wäre, setzten ein. Ein Geschwader von Hubschraubern, es waren sicher zwanzig, flog über uns hinweg. Wolfgang warf sich auf den Boden. Daisy raffte ihren Rock zusammen. Sie flogen so tief, daß der Luftzug uns fast vom Deck fegte. Voller Schrecken starrten wir ihnen nach. Offensichtlich hatte das mit dem Ausnahmezustand doch gestimmt. Über der Stadt war inzwischen die Dämmerung eingebrochen. Die Hubschrauber zeichneten sich wie riesige Insekten vor dem roten Abendhimmel ab. Ich hatte Angst, sie würden schießen. Langsam flogen sie über die Stadt hinweg und verschwanden dann hinter dem Hügel.

»Großer Gott, ist hier wirklich Krieg?« stieß Fred hervor. Wolfgang rappelte sich wieder auf. Er war noch blasser im Gesicht geworden. Harold fand, jetzt sei es Zeit für einen Rum und rief den Steward. Wir nahmen alle einen kräftigen Schluck. Auch in der Stadt schien plötzlich Stille zu herrschen. Sicher eine halbe Stunde lang hörten wir keinen Laut, dann setzten die Geräusche wieder ein, als ob nie etwas gewesen wäre. Der eine Schluck war gerade genug, um unsere Sinne noch einen Spalt weiter zu öffnen für die schwüle Atmosphäre dieser Nacht. Die Stadt begann wieder zu leben. Mehr und mehr Lichter gingen an, Autos glitten wie glühende Ameisen den Hügel hinab, das berühmte Bordell erhob sich wie eine Art Schloß oben am Hang aus der Dunkelheit. Die Luft schien vor Erregung zu vibrieren. Wir baten Harold, weiterzuerzählen.

»Wo waren wir?«

»Ich glaube, wir waren gerade im Bordell.«

»Ja genau«, lachte er und fuhr da fort, wo er aufgehört hatte.

»Als wir endlich in unserem Zimmer waren, war ich so erschöpft, daß ich ins Bett fiel, kaum daß ich mich entkleidet hatte, Sally hingegen war plötzlich so wach, wie ich sie nachts noch nie erlebt hatte. Sie, die immer so keusch getan hatte, war plötzlich wie entfesselt. Nur in Strümpfen strich sie durchs Zimmer wie ein gefangenes Tier. Ich konnte eigentlich vor Müdigkeit kaum die Augen aufhalten, spürte aber, daß heute ein besonderer Tag war und beobachtete Sally, deren Wangen glühten wie vor unserer Heirat. Sie hatte sich die Haare wieder zu zwei Schwänzen gebunden, öffnete die Gardinen und trat in der Dunkelheit auf den Balkon, nackt wie sie war. Ich sehe sie noch da stehen ...

Ich stand auf, trat zu ihr und bedeckte ihre Schulter mit Küssen, fuhr mit den Fingern zärtlich über jede Wölbung und in jede Furche ihres Körpers, endlich antwortete ihr herrlicher, junger Leib auf meine Liebkosungen. Sie wölbte ihren Bauch meinen Händen entgegen, ließ ihre Brüste wie zufällig meine Haut streifen, schmiegte sich an mich. Endlich erwiderte sie meine Küsse wieder so leidenschaftlich wie früher. Als ich mich langsam, Wirbel für Wirbel, an ihrem Rückgrat hochtastete, wand sie sich wie eine Schlange. Doch plötzlich stieß sie mich von sich und befahl mit herrischer Stimme: Leg dich hin.

Willig, ihr jeden Dienst zu erweisen, damit sie endlich wirklich mein sei, legte ich mich aufs Bett, aber sie trat nur kurz ans Fußende und befahl: nein, auf den Boden. Also legte ich mich auf den Boden. Sie hockte sich auf mich, schob meinen Penis sofort in ihre Scheide, die brannte vor Begehren und stieß mich regelrecht durch das Zimmer, so heftig, so brennend war ihr Verlangen. Sie rieb ihren Kitzler an meinem Bauch und hatte plötzlich Bärenkräfte, die ich ihr nie zugetraut hätte. Mal kam sie, mal kam ich, wir waren völlig entfesselt in dieser Nacht. Am Morgen hielt ich eine endlich entspannte, glückliche Sally in den Armen, die bis in den Nachmittag das Bett nicht verließ und mich anblickte aus Augen, in denen plötzlich ein anderes Feuer brannte. Ich war überglücklich über die plötzliche Wendung unserer Ehe. Gegen fünf konnte ich sie endlich bewegen, aufzustehen.

Wir gingen in die Stadt. Ich wollte das Hotel wechseln, sie aber fand, wir könnten ruhig bleiben. Wir schlenderten durch die Straßen. Sally schien nach etwas Bestimmtem Ausschau zu halten, aber sie sagte nicht, wonach. Vor etlichen Kleidergeschäften blieben wir stehen, betrachteten ausgiebig die gesamten Auslagen. Ich war so froh, ich hätte ihr alles gekauft, aber nichts gefiel ihr. Endlich, kurz vor Ladenschluß, ging sie in eines der Geschäfte. Obwohl sie kein Wort Spanisch sprach, bestand sie darauf, allein einzukaufen. Ich blickte durch die Glastür und sah, wie sie der Verkäuferin mit geradezu vulgären Gesten zeigte, was sie wollte. Sie faßte sich unter den Busen und preßte ihn hoch. Sie strich sich über die Hüften, schob ihr Kleid langsam hoch, zeigte ihre Strumpfbänder, zog an einem und ließ es auf die Haut zurren. Ich wandte mich ab. Was war nur mit meiner Sally geschehen?

Dann gingen wir Essen. Zwischen zwei Gängen flüsterte sie mir ins Ohr, wir müßten gleich nach dem Essen ins Hotel zurück, sie wolle mir etwas zeigen.

Kaum hatten wir unser Zimmer betreten, huschte sie mit den Paketen und Schachteln, die sie gekauft hatte, ins Bad. Als sich die Tür langsam öffnete, stand sie im feinsten, aufreizendsten Negligée vor mir, das man sich nur vorstellen kann. Es war aus schwarzer Spitze gearbeitet, betonte ihre Pfirsichbrüste, kräuselte sich schwarz am Dekolleté. Von der Taille an war es vorne geschlitzt und gab den Blick frei auf raffinierte schwarze Strapse und winzige Höschen, die zwischen den Beinen offen waren, wie ich später bemerkte. Sogar Lippenstift hatte sie aufgelegt, ihren altrosa Lippenstift, der ihr Gesicht noch mädchenhafter machte. Die Zartheit ihres Gesichts bildete einen seltsamen Kontrast zu ihrem nun durch und durch sexuell wirkenden Körper.

Nach einer Woche war ich am Ende meiner Kräfte. Sie verlangte immer mehr, immer mehr. Sie war unersättlich. Manchmal fragte ich mich, woher sie all diese Praktiken und Techniken kannte, nach denen sie jetzt verlangte. Aber auch sie schienen die langen Nächte zu ermüden. Nach wie vor schlief sie jeden Nachmittag bis fünf. Ich hatte schon nach einem Tag begonnen, nachmittags allein durch die Stadt zu streifen, mir war es zu stickig in unserem Zimmer. Gegen Abend holte ich sie dann ab, und wir gingen zusammen essen. Nach einer Woche wurde es mir nicht nur zuviel, sondern auch langweilig und ich verließ das Hotel bereits am Morgen, um ein wenig die Stadt zu erkunden. Ich bummelte durch die Straße mit den Ledergeschäften, denn ich wollte Sally eine neue Handtasche schenken. Endlich fand ich eine, die mir gefiel, aber als ich bezahlen wollte, bemerkte ich, daß ich mein Portemonnaie vergessen hatte. Ich kehrte ins Hotel zurück, aber Sally war nicht auf dem Zimmer. Beunruhigt fragte ich an der Rezeption, ob jemand sie gesehen habe. Ich malte mir schon die schlimmsten Geschichten aus. Womöglich war sie entführt worden. Der schmierige Kerl stand mit seinem angeschmuddelten weißen Hemd, auf dem sich Schweißränder abgezeichnet hatten, vor mir, stützte die Hände in die fette Taille und grinste mich an. Er sagte nichts, er machte nur eine Bewegung mit dem Kopf, die andeuten sollte: dahinten, in der Halle, bei den anderen. Ich wollte es nicht glauben, ich konnte es nicht glauben, erst als ich sie mit eigenen Augen sah, wie sie in ihrem Negligée auf dem Schoß eines fremden Mannes saß, der seine Hände zwischen ihre Schenkel geschoben hatte und ihre Pussy kraulte, wurde mir klar, daß ich Sally verloren hatte.

Ich packte noch am selben Abend und reiste ab.

Zwei Jahre darauf wurden wir geschieden. Zur Scheidung kam sie in einem weißen Nerzmantel.«

Er ging zur Reling und blickte auf die Stadt. Lange sagte niemand etwas. Der Geruch von gebratenem Fleisch wehte zu uns herüber. Uns hatte man zum Abendessen schon wieder Spaghetti vorgesetzt, verkochte, klebrige Spaghetti mit Tomatensoße. Aus einem Transistorradio dröhnten südamerikanische Schlager und dazwischen die Stimme eines Ansagers, der den Leuten noch besser zu gefallen schien als die Musik, denn jetzt drehten sie richtig auf. Er schien Witze zu reißen, immer wieder unterbrachen Lachsalven seine Moderation. Das Radio war so laut, daß man es fast bis hierhin verstehen konnte.

Harold zeigte auf den Hügel zu dem großen, weißen Prachtbau, der von allen Seiten angestrahlt wurde.

»Vielleicht ist sie noch immer dort oben, meine Sally.«

»Sally«, rief da Johnny. »Yes, Sally.«

Er tippelte ein paar Schritte vor, wackelte mit den Hüften, nahm sein Haar zu zwei kleinen Schwänzen zusammen.

»Sally, oh!« Er legte Daumen und Zeigefinger zusammen und drückte einen Kuß darauf.

»Yeah, man, Sally is the best bitch in town.«

Wie in Zeitlupe nahm Harold die Hände vom Geländer der Reling, ging auf Johnny zu und versetzte ihm einen Kinnhaken. Daisy schrie auf. Johnny fiel um. Fred versuchte, dazwischen zu gehen, wurde aber von Harold zur Seite geschubst. Johnny kam wieder hoch und versetzte Harold einen kräftigen Schlag. Der schien plötzlich Kräfte zu entwickeln, die ihm niemand zugetraut hätte. Er ging nicht einmal in die Knie. Sie tänzelten wie Boxer im Ring umeinander. Dann versetzte Johnny ihm einen so kräftigen Schlag an den Kopf, daß er zu Boden sank und bewußtlos dalag. Als wir ihn in einen Liegestuhl verfrachteten, kam er wieder zu sich. Eine kleine Blutspur rann ihm aus der Nase. Johnny hatte einen Schrecken bekommen und eilte mit einem nassen Lappen herbei. Jetzt, nachdem er Harold einen kräftigen Schlag versetzt hatte, waren sie sozusagen quitt. Sie blickten sich kurz an, Harold reichte ihm müde die Flasche und der Frieden war wieder hergestellt.

Johnny setzte sich zu uns. Es dauerte nicht lange, und sie tranken Brüderschaft.

Gegen Mitternacht setzte im Hafen ein wildes Geschrei ein. Harold, Fred, Wolfgang und ich schossen zur Reling, um das Spektakel besser beobachten zu können. Die Matrosen kamen zurück. Sie sangen aus Leibeskräften. Als sie vom Beiboot die Strickleiter hochkletterten, fiel einer von ihnen ins Wasser. Im Boot sah ich zu meinem Erstaunen auch ein Mädchen, um das einer der Matrosen beschützend den Arm legte. Johnny schien das Getöse nicht weiter zu interessieren.

Als ich mich wieder zu meinem Liegestuhl umdrehte, sah ich, daß er inzwischen mit Daisy knutschte. Er hatte ihr die Hand unter den bunten Rock geschoben und ihre kräftigen Schenkel lagen frei.

Die Matrosen polterten in ihre Kabinen.

Die Nacht war einfach zu lau.

Daisy und Johnny ließen sich durch unsere Anwesenheit nicht stören. Sie gingen sich langsam an die Wäsche. Als Johnny ihr den BH öffnete, zog ich mich in meine Kabine zurück und überließ sie dem Sternenhimmel.

Schlafen konnte ich auch in dieser Nacht nicht. Die Matrosen sangen so laut, daß es selbst in der Kabine noch gut zu hören war. Als ich gegen vier auf die Toilette ging, saßen Harold und der Steward mit einer neuen Flasche weißen Rum auf dem Boden und prosteten auf die Liebe.

dirty little story 7

Mehr Himmel zwischen den Blättern / weniger Laub / September / wir machens im Wald / schleichen uns fort auf Pferdewegen und Pfaden / schon lange keine Wanderwegsmarkierung und keine Spaziergänger gesehen / sie öffnet den Mantel und küßt ihn / komm in meine Jacke / und die Leute? / welche Leute? / die Böschung runter / es knistert / Blätter zerbrechen / Pilze im Laub / leg die Jacke hin / und wenn einer kommt? / dann kommen wir auch / letzte Sonne auf den Schenkeln / zieh die Hose aus / Sonnenflecken / Reisig zerbricht / dünne schwarze Äste / ein kleiner Käfer auf dem Arm / über ihr weiche Lippen / ein Männlein steht im Walde / saftig zwischen den Beinen / komm jetzt / Elstern schreien / hat von lauter Purpur ein Mäntlein um / Sonntagnachmittag / Blätterdach mit Blau / ein Beben / Septembersonne / ihr Haar im Laub / Würzige Luft / Vögel fliegen auf / sein Po in der Sonne / hinterm Ilexbusch / weit hinten der Wanderweg / drüber ein blauer Himmel / der sich dreht

Nachtzug nach Yukatan

»Quiere hongos? Wollen Sie Pilze? Hongos?«

Der schmächtige Junge mit dem pechschwarzen Haar geht neben Ulrike her. Eigenartige Szenerie, diese Bushaltestelle. Im Schatten der Bäume ein paar Pferde, auf denen schnauzbärtige Mexikaner sitzen. Kinder machen Geschäfte mit den hongos, den heiligen Pilzen der Mayas.

»Quiere hongos?« wiederholt der Junge und kramt in seinem Korb. Das sind sie also, unscheinbare, grau-braune Pilze mit einem glockenförmigen Hut. Die schönste Droge der Welt, hatte Jerry gesagt.

»Quanto?« fragt Ulrike und der Junge winkt sie zur Seite. Er zeigt ihr verschieden große Tüten. Ulrike entscheidet sich für eine mittlere Portion.

Du fährst mit dem Bus bis Cascades, das sind die Wasserfälle, fallen ihr wieder Jerrys Worte ein. An einem der oberen Becken findest du mich.

Der Weg ist schmal und rutschig. Immer wieder streift sie hängende Pflanzen beiseite, steigt über vermodernde Äste. Bald sieht sie die Wasserfälle durch das Grün schimmern. In vielen kleinen Becken plätschern sie herab. Ulrike geht zu einem der oberen Becken, wo nur wenige Touristen sind, und läßt sich auf den Wurzeln eines großen Baumes nieder. Als sie den ersten Pilz in den Mund steckt, zögert sie noch. Und wenn ich mich vergifte? Es schmeckt erdig und leicht bitter. Sie ißt einen zweiten, einen dritten, schaut kauend auf das glitzernde Wasser. Bilder der vergangenen Tage tauchen auf: Wie sie mit dem großen Dünnen mit dem Wuschelkopf über den Markt schlenderte, überall Indiofrauen, die mit ihren Kindern inmitten von Papayas, süßen Kartoffeln und anderen fremdartigen Früchten und Gemüsen saßen. Wie die ganze Stadt nach Kakao roch. Wie sich am ersten Abend ihre Arme wie zufällig berührt hatten, während sie durch die Stadt gingen, vorbei an Uniformierten mit Maschinengewehren. Wie sie dem Nachtportier des schmuddeligen kleinen Hotels Geld gaben, damit er sie mit auf Jerrys Zimmer gehen ließ.

Sie ist so in ihre Gedanken versunken, daß sie kaum wahrnimmt, daß es inzwischen voller geworden ist. Die Neuankommenden sind nur bunte Punkte, die sofort neue Bilder in ihr hervorrufen. Ein knalliges Rot bringt ihr die gewebten Kleider der Indiofrauen wieder. Das Plätschern des Wassers läßt sie das Duschen mit Jerry wieder spüren: Wie sie sich von Kopf bis Fuß mit Kokosshampoo einseiften, sich unter dem dünnen Strahl der Dusche aneinanderdrückten, ihre Haut glitschig und voller Schaum, dessen Duft sie an Kokosmakronen erinnerte. Und nachher naß auf sein schmales Bett fielen. Da hört sie wieder Jerrys Stimme, das Wasser plätschert heftiger, sie duschen noch immer und Ulrike ist kein bißchen überrascht, als sie Jerry vor sich aus dem Wasser steigen sieht, strahlend und voller glitzernder Tropfen. Mit Kinderaugen staunt sie ihn an. Wie schön er ist mit seinem Wuschelkopf und den Honigaugen. An jeder Locke hängt ein Tropfen. Der Pickel an der Lippe ist verheilt und an seinem linken Ohr prangt ein langes Ohrgehänge aus falschem Gold mit imitierten Brillanten. So was Kitschiges, denkt sie lächelnd, sieht ja aus wie der Kronschmuck von Princess Ann. Jerry lächelt zurück und legt sich zu Ulrike auf die Decke. Sie genießt seine kühle, nasse Haut, streicht über seinen geschmeidigen Körper, leckt ihm die Tropfen aus dem Gesicht.

Ein paar Tage später sitzen sie auf der Veranda der Pension.

»Süß oder pikant?« Jerry schaut sie fragend an.

»Süß.«

Er reicht ihr einen Teller Pilz-Ananas-Gericht. Sie haben sich entschlossen, gemeinsam weiterzureisen. Am Abend geht der Zug nach Yukatan. Aber vorher wollen sie die Pilze noch einmal gekocht probieren. Das soll eine noch viel intensivere Wirkung haben. Zwei verschiedene Rezepte hat man ihnen empfohlen: süß mit Ananas oder pikant mit Tomaten und Zwiebeln.

Sie essen einige Teller voll, mal süß, mal pikant. Bald färbt sich der Himmel rosa und es wird Zeit, aufzubrechen. Hastig und schon ein wenig ungeschickt spülen sie das Geschirr, machen sich auf den Weg. Die Rucksäcke werden immer schwerer. Schwitzend gehen sie die Straße hinab und nehmen schließlich doch ein Taxi. Es ist ein breites Auto, in dem sie bequem mit ihrem Gepäck hinten sitzen können. Erleichtert sinken sie in die Geborgenheit der Polster. Sind überwältigt von der Weichheit des Sitzes, der Wärme des Körpers neben sich. Sausen mit offenen Fenstern durch die Tropennacht, blau und saugend. Kopf raus, Haar im Wind. Im Bauch Sensationen zwischen Übelkeit und überdimensionaler Lust. Pilze im Gedärm, dauerndes Gluckern. Ulrike nimmt Jerrys Hand, die größer ist als je zuvor, kuschelt ihre Faust hinein. Jerry schließt sie in die Arme, knabbert an ihren Lippen. Sie spürt eine riesige Zunge im Mund. Feucht und warm. Durstig, hungrig, satt gleichzeitig. Während sie sich küssen, sieht Ulrike heftig wachsende tropische Pflanzen, die wie in einem Kaleidoskop immer neue Muster hervorbringen. Alles färbt sich blau, dann tauchen bunte Tiere auf, die aussehen wie aus einem Comic.

»Die Tiere, die Tiere«, hört Jerry sie sagen.

»Welche Tiere? Die aus der Pension?«

Das waren Kakerlaken. Ulrike ist auf einer grünen Wiese, über die eine riesige Schar Kakerlaken läuft. Aber sie laufen nur kurz vorbei, wie über eine Leinwand, und die Wiese wird wieder grün und blühend. Ulrike atmet tief ein. Da berührt etwas ihre Brust. Sie läßt den Kopf in den Nacken sinken. Sie fühlt sich überall berührt, atmet durch jede Pore. Ihre Brüste stehen in Flammen, die Lippen werden wiesengroß. Ströme von den Zehenspitzen bis zu den Haarwurzeln gehen durch ihren Körper. Sie liegt am Strand. Eine gewaltige Welle schwappt zwischen ihre Beine. Du mußt dich ergeben, hämmert es in ihrem Kopf, ergib dich. Sie sieht sich in der Brandung liegen, ihr Körper ist aus Sand, die nächste Welle kommt herangebraust und löst eine große, rote Explosion aus, die vom Bauch in jede Zelle ihres Körpers strahlt.

Als sie die Augen wieder öffnet, kommt sie wie aus einer anderen Welt. Erstaunt stellt sie fest, daß Jerry neben ihr sitzt. Durch ihr vorsichtiges Räkeln wird er auf sie aufmerksam.

»Was für Tiere?« fragt er sie mit weit aufgerissenen Pupillen.

Sie wendet sich zu ihm, doch er weicht erschreckt zurück. Ulrike spürt, daß etwas nicht stimmt mit ihm. Als sie seine Hand nehmen will, fängt sie sich einen finsteren, aggressiven Blick. Für einen Moment gleicht sein Gesicht einer dämonischen Fratze.

Der Zug hat die übliche Verspätung. Eine halbe Stunde, eine Stunde, zwei Stunden. Mexikanische Familien stehen in Grüppchen zusammen, stattliche Frauen gehen auf dem Bahnsteig auf und ab. Kinder spielen. Ein Ball hopst himmelhoch. Jerry schreibt Tagebuch; Ulrike hockt mit strahlenden Augen und rosa Hemd neben ihm, erzählt Geschichten. Jerry wird immer schweigsamer. Wenn Ulrike ihn anschaut, weicht er ihrem Blick aus. Er geht weg, kommt wieder. Steht riesenhaft groß vor ihr, sein Gesicht ganz grau und alt. Sitzt lange da und starrt vor sich hin. Mit fahrigen Bewegungen streicht er sich übers Haar, das ihm wirr um den Kopf steht, reibt sich das zerknitterte Gesicht. Seine Augen flackern unruhig hin und her.

Endlich nähert sich die Lokomotive, ein in Dampf gehüllter schwarzer Koloß. Wie im Western, denkt Ulrike. Der Bahnsteig vibriert. Der Zug ist voller bunter Menschen. Manche schlafen, sind schon Stunden und Tage unterwegs. In den Gepäcknetzen liegen enorme Gebinde aus tropischen Früchten. An den orangefarbenen Fenstern ziehen die Silhouetten schwarzer Bäume vorbei.

Jerry starrt in die Nacht.

Ulrike hat ganz rote Augen. Heute bist du besonders schön, hat er ihr am Morgen gesagt.

Gegen sechs Uhr früh sitzen sie im Café an der Busstation, warten auf den Anschluß. Aus der Musikbox dröhnt »los tigros del norte«, der Schlager der Saison. Abwechselnd gehen sie zur Toilette, haben Durchfall von den Pilzen.

»Da, schenk ich dir.« Jerry schiebt den Princess-Ann-Ohrring über den klebrigen Tisch.

Ulrike sieht ihn fragend an, nimmt das Glitzerwerk zwischen die Finger.

Als die Musik zu Ende ist, geht sie Zigaretten kaufen.

Als sie zurückkommt, ist er fort.

dirty little story 8

Reibst du mir den Rücken ein? / Ja / Karibikkokosöl / ihr schöner Rücken / ein Gleiten an ihren Lenden / sie dreht sich / lacht ihn verschwitzt an / die Sonne immer heißer / auf heller Haut / verschwitzte Schichten / Bikinis / Tangas / Badehosen / Shorts / Einteiler / Nackte / die Kühlbox im Schatten / der Steife in der Badehose / Drehung auf den Bauch / nebenan Limo und Radio / die Bücher werden wieder eingepackt / ölige Fingerabdrücke auf dem Umschlag / das Gras eher gelb als grün / grob und struppig / auch einölen oder wässern / komm ins Wasser / sie staksen über Kiesel / ein paar Züge im Kühlen / blau-grün / Rückenschwimmen / klares Wasser spült über den Bauch / sie kugelt sich zusammen / faßt sich ins Höschen / er blinzelt aus den Wellen / folgt ihr an Land / reicht ihr das Handtuch / sie schlingt es sich um die Schultern / trocknet sich sorgfältig / er packt die Tasche / sie zieht den Minirock an / rot / die Bikinihose rutscht zwischen die Handtücher / endlich frischer Wind / »she's fresh« aus dem Radio / sie steigen die Treppen hinauf / sie geht vor ihm / seine Blicke auf ihren Rock / der Dorfplatz in der Mittagshitze / Feuer fangen / er öffnet das Gartentor / die Himbeeren reif, rot und ohne Würmer / vorbei am Gestrüpp / Kratzer an den nackten Beinen / im Haus angenehm kühl / er faßt ihr zwischen die Beine / sie lehnt sich an den Eichentisch / er schiebt seine shorts runter / aus dem Spiegel leuchten braune und blaue Augen / breitbeinig sitzt sie vor ihm / er küßt sie / mit Himbeermund auf Himbeermund

Feuer fangen

Die Ziegen sind überall. Sie fressen die kleinen, gelben Blüten von dem stacheligen Gestrüpp. Das ist das einzige, was hier noch wächst: Büsche mit Stacheln so stechend wie die Sonne, die auf uns herabbrennt.

Werde meine Uhr wegstecken, am besten vergraben.

Neben mir ragt ein Krokodil aus dem Sand, ein Höllenwesen aus dem Vulkan.

Der Scirocco hat das letzte Wölkchen vom Himmel gefegt. Es gibt nur noch zwei Farben: Sand und Blau. Unter mir Sand, über mir Blau, dazwischen flirrende Hitze und selten etwas Buntes, das aufleuchtet wie ein Feuer.

Meine beiden Liebsten tollen den Strand entlang. Ächzend wälze ich mich auf die Seite, damit ich sie besser im Blick habe. Kurt ist groß, feingliedrig und wendig wie ein Windhund. Er hat sich meinen bunten Rock angezogen. Der fließende Stoff macht seine Bewegungen noch eleganter. Bruno, in langen Unterhosen und Großvaterhemd, das erstaunlicherweise noch immer fast weiß ist — und das nach zwei Wochen Strandleben —, der kräftige, gedrungene Bruno mit den enormen Ohren, jagt ihm nach. Sie lachen und kreischen, einer will dem anderen die Kleider vom Leib reißen. Bruno brüllt: »Deckel hoch, der Kaffee kocht« und linst Kurt unter den Rock. Der seidige schwarze Stoff mit den kunterbunten Blumen flattert im Wind. Beide haben mondäne Sonnenbrillen in den braungebrannten Gesichtern, deren Gläser schillern wie Ölflecken. Jetzt gehen sie engumschlungen, Kurt ist schmaler, aber etwas größer als Bruno und hat ihm den Arm um die Schulter gelegt. Der Arm rutscht tiefer, faßt unter das lange Hemd, greift ihm an den kleinen, strammen Po. Bruno quietscht wie ein junges Ferkel, und wieder jagen sie hintereinander her. Fang mich doch! Komm doch! Sie werden kleiner, bald sehe ich nur noch einen schwarzen und einen weißen Klecks weit hinten am Strand.

Vor Hitze und Übermüdung fallen mir fast die Augen zu. Gestern waren wir im letzten Dorf vor dem Strand der Toten. Es war Karneval, wir haben ein wenig shit gekauft und in einer Ecke einen Joint geraucht. Seltsame Gestalten tauchten aus der Menge auf, sie tanzten Reigen: eine Prinzessin mit einem Pferd, ein König mit einem Engel, eine Bäuerin mit dem Teufel. Dazwischen Kinder, unverkleidete Erwachsene, Betrunkene und Halbbetrunkene und — der Tod. Eine schwarze Gestalt mit einem Totenschädel, die unbeirrbar und ruhig zwischen den ausgelassenen, erhitzten Menschen einherschritt und mal vor diesem, mal vor jenem lange stehenblieb und ihn musterte. Die Kinder liefen schreiend vor ihr davon.

An einem Stand kauften wir calamares à la romana, knusprige, fritierte Kringel.

»Para ti, rubio«, sagte die Frau, eine gestandene Person von sicher 45 und reichte Bruno eine besonders große Portion. »Parrra ti, rrrubio.« Ihre dunklen Augen blitzten. Für dich, du Blonder.

Bruno sieht inzwischen aus wie Robinson. Seine Haare sind von Salz und Sonne so gebleicht, daß aus dem Aschblond ein sonniges Golden geworden ist. Seine Haut wird von Tag zu Tag dunkler, seine Augen strahlen von Tag zu Tag mehr.

Der Rückweg dauerte Stunden. Das Meer stand so hoch, daß der schmale Streifen Strand unter Wasser lag und wir uns in der Dunkelheit über die glitschigen, schwarzen Felsen tasten mußten, zwischen denen die Gischt hoch aufspritzte.

Diese Nacht schliefen wir das erste Mal getrennt voneinander, jeder für sich: Kurt in unserem gemeinsamen Lager, das wir ganz hinten, am äußersten Ende der Bucht aus Planen und Strandgut gebaut haben, eng an die steilen Felsen gelehnt. Bruno, der es gern etwas komfortabler hat, in seinem kleinen orange-blauen Privatzelt. Ich in der Höhle, einem kaum 80 cm hohen, flachen Spalt zwischen Sand und Gestein. Ich schob mich bis zur Brust unter den Felsen wie unter eine Decke, fühlte mich geborgen und träumte mich in den dunkelblauen, sternenübersäten Himmel über mir. Frei umherschwebende Zungen, Engelszungen, leckten mir das Gesicht. Pfingsten. Dann wurden die Zungen ungewohnt rauh, die Lippen an meinem Hals merkwürdig hart, die fremde Haut so seltsam haarig. Plötzlich fühlte ich mich beobachtet und fuhr hoch.

Die Ziege erschreckte sich ebensosehr wie ich und sprang meckernd zurück. Eine ganze Herde hatte sich um mich geschart und begutachtete neugierig den Gast in ihrer Höhle.

Eigentlich verwunderlich, daß sie nicht angefangen haben, an mir herumzuknabbern, schließlich fressen sie sonst alles, was nicht niet- und nagelfest ist. Sogar Kerzen. Deshalb haben wir im Lager alle unsere Vorräte in Kisten gepackt und mit kleinen Strippen an Felsvorsprüngen aufgehängt. Selbst da sind sie nicht sicher. Alle Nase lang erwischen wir eines der Biester beim Naschen. Sie stützen sich mit den Vorderhufen am Fels ab, recken sich nach dem Papier, das aus den Ritzen der Holzkisten hervorlugt. Im Stehen sind sie größer als ich.

Matt öffne ich die Augen einen Spaltbreit. Das Meer glitzert in der Sonne. Seine Farbe verändert sich ständig. Morgens schimmert es blaugrau, jetzt ist es tiefblau. Unter lautem Gedonner schlagen die Wellen auf den Strand. Mir kommt Sylvia Plath in den Sinn, ihr »Epitaph for fire and flower«: ›Leichter fädelst du den grünen Wellenkamm, daß er nicht bricht, auf Draht‹.

Mein Körper ist von einer feinen Schweißschicht überzogen. Tropfen sammeln sich im Bauchnabel. Haut klebt an Haut: der eine Arm an den Rippen, der andere am Nacken, die Oberschenkel aneinander. Von Zeit zu Zeit löst sich ein Tropfen und hinterläßt eine kitzelnde Spur. Ich greife nach dem Strohhut und lege ihn mir übers Gesicht.

Seit Tagen sind wir nackt, Badehosen und Bikini stecken wie Trophäen auf Zweigen, die wir neben dem Eingang des Lagers in den Sand gesteckt haben. Nur wenn sich Touristen nähern oder wir in die Nähe des Dorfes gehen, ziehen wir was an.

»Vögelchen, du wirst dich verbrennen.« Das ist Brunos Stimme.

Die beiden sind zurück, sie kichern noch immer. Bruno knattert wie ein alter Rasenmäher, Kurt klingt trotz seiner 23 Jahre wie ein pubertierender Jüngling. Sobald er versucht, tief und männlich zu sprechen, bricht sich seine Stimme, dann kieckst er wie mit 16. Sie flüstern und giggeln, ich verstehe nur »Plastiktüte« und »Badekappe« und weiß, was mich jetzt erwartet, bin aber zu schwer, mich zu erheben und zu flüchten. Die Stimmen entfernen sich wieder, dann geht es sehr schnell, eiskaltes Wasser auf dem Bauch, ich japse nach Luft, ist das kalt!, fahre hoch und stoße fast an ihre Köpfe.

»Du hast ja eine Bombe … nicht daß du einen Hitzschlag kriegst!«

Kurt steht über mir, sein langes Haar ist aus dem Gummiband gerutscht und fällt ihm verwegen auf die Schulter.

Sein Mund ist einfach riesig. Heute morgen hat er sich aus Jux eine ganze Orange auf einmal ins Maul gesteckt. Er beugt sich zu mir herab, die Katzenbrille rutscht auf die Nase, sein Haar streift meinen Arm, er legt mir die Hand auf die Stirn.

»Mindestens 40 Grad.«

Meine Finger fahren über die Sehnen auf seinem Fuß. Er hat schöne Beine für einen Mann: schmale Fesseln, glatte, zarte Haut, kaum Haare, elegante Waden. Der Rock reicht ihm bis in die Kniekehlen. Meine Hand tastet sich höher, schiebt sich unter den Saum, zwischen Haut und Stoff. Ob er was drunter hat? Noch höher, zwischen Haut und Haut, ganz langsam, er tut, als ob er nichts merkt, bis ich feine Härchen taste, seine zarteste Haut, krause Haut, die sich unter meinen Fingern zusammenzieht. Kurt legt seine Hände auf meine, streichelt sie durch den geschmeidigen Stoff, hüllt sein Geschlecht in Seide, in meine Hände, meine Hände in seine Haut.

Ich halte die Luft an. Den ganzen Tag schon hat die Sonne mir mit ihrer rauhen Zunge die Schenkel geschmolzen, die Lippen geleckt, die Beine gespreizt.

Die Jungs ziehen sich auch aus und wir laufen in die Wellen. Das Wasser spritzt mir die Beine hoch, endlich eine Abkühlung, warum bin ich nicht früher darauf gekommen? Ich tauche unter, genieße mein langes Haar, das mir um den Kopf fliegt und mache ein paar kräftige Züge. Vor mir Kurts braune Hüften, ein Po und muskulöse Oberschenkel. Den schnapp ich mir! Fasse ihn um die Taille, ziehe ihn unter Wasser. Er läßt es sich gefallen, leistet keinerlei Widerstand, dreht sich aber unter Wasser um und taucht mir zwischen den Beinen durch. Ich mag seine Haut. Er taucht wieder auf, grinst mich breit an und wir versuchen, uns im Schwimmen zu küssen. Ein Sog zieht uns hinaus. Eine riesige Welle kommt auf uns zu, eine höherwerdende Wand, die uns unter sich reißen will. Wir kraulen um die Wette. Die Welle holt mich ein, überschlägt sich, drückt mich zu Boden, stampft brodelnd über mich hinweg. Ich kneife Augen und Nase zu, krieg keine Luft mehr, keine Luft mehr, keine Luft, werde hin und her geworfen, Wasser im Mund, da ist es vorbei, Luft.

Als ich wieder auftauche, Salzwasser in Nase, Ohren, Augen, Mund, steht Kurt vor mir in der Brandung, ebenso prustend wie ich. Seine Haare liegen eng am Kopf. Die Ohren sind sonst nie zu sehen. Er hat zierliche, kleine Ohren wie die weißen Muscheln, die ich heute früh gesammelt hab. Das Wasser reicht ihm bis zu den Oberschenkeln, sein Fischchen zuckt, als meine Augen es zärtlich abtasten. Er steht in der Sonne wie frisch lackiert und leckt sich das Salz von den Lippen.

Sie haben mich in die Mitte genommen, wir liegen auf dem Rücken und genießen die Sonnenstrahlen, die uns die Haut trocknen.

Bruno schmiegt sich an mich und und wispert mir was ins Ohr.

»Weißt du noch letzte Woche?« Schon fängt er an zu kichern.

»Was denn?«

Er kriegt kein Wort mehr raus. Er liegt auf dem Rücken und wälzt sich lachend im Sand. Zieht die Beine an, drückt den Rücken durch, windet sich und zwischen seinen Beinen die kleinen Kugeln wie Klicker. Ich stelle mich dumm.

»Was denn? Sag doch, Bruno, sag doch!« Dabei weiß ich genau, was er meint. Die Geschichte mit Rudi. Die erzählen wir uns immer wieder.

Es war unser erster Tag auf der Insel. Weit und breit nur Sand. Kein Felsen, an den wir unser Lager hätten anlehnen können, keine Bäume, nichts. Wüstensand, in den wir knöcheltief einsackten, als wir im letzten, schrägen Licht durch die Dünen stapften, auf der Suche nach einem Lagerplatz. Endlich stießen wir auf ein paar Strandburgen, Sandwälle, die aus Strandgut zusammengebastelte Unterschlüpfe umgaben, Sonnenschirm, Windschutz und Strandkorb in einem. Vor einer prangte zwischen besonders großen Muscheln ein Pappschild mit der Aufschrift:

»Belegt bis 31.2. Danke. Rudi.«

Kurt bestand darauf, sofort sein schwarzes Halstuch zu hissen. Keine Frage, Rudis Burg war die schönste, stabilste und winddichteste von allen.

Mitten in der Nacht wurde ich von einem lauten Geflatter geweckt, da hatte der Scirocco ein Stück Pappe weggerissen und griff jetzt mit voller Wucht in die Plastikplane, die unser Dach war.

Morgens um sieben stand dann Rudi vor seiner Burg, in Sandalen, Socken und geblümten Shorts, über denen sein Bauch hervorquoll wie der einer Schwangeren. Vor Ärger war er schon hochrot im Gesicht. Erst jetzt merkte ich, daß wir inzwischen im Freien lagen, über Nacht war die Hütte fortgeweht und hatte sich vermutlich über den ganzen Strand verteilt.

»Raus hier, Zigeunerpack!« brüllte er.

»Raus hier, Zigeunerpack«, äfft Bruno ihn nach.

»Wenn ihr kein Geld habt fürs Hotel«, krächzt Kurt, »müßt ihr eben arbeiten gehen wie andere Leute auch! Alles kaputt un wekkemacht. Meine schöne Strandburg. Alles kaputt un wekkemacht.«

Bruno wird unverwandt wieder ernst und verrät mir mit wichtiger Miene den neuesten Spruch. »Die Sonne scheint mir auf den Penis. Scheen is.«

Eine Hand auf meinem Bauch, Kurt oder Bruno? Fingerspitzen streichen von der Seite zum Bauchnabel und zur anderen Seite, an den Flanken hoch, mir geht es durch und durch. Ein Finger im Nabel, er malt eine Spirale, jemand pustet mir an die Brustwarzen, bis sie hart werden wie Korinthen. Ein anderer Finger zieht Kreise um meine Brüste, wandert zur Stirn und streichelt langsam von der Stirn zur Nase, zur Oberlippe, über die Lippen. Ich öffne den Mund und will daran knabbern, da fährt er weiter, aufs Kinn, den Hals hinab, jetzt sind es zwei Finger, drei, die ganze Hand.

»Auseinander!« höre ich Kurt brüllen. Dann war das also Bruno.

»Auseinander, ihr Ferkel!«

Bruno langt extra nochmal zu.

»Sonst gibts keine Melone«, droht Kurt und seine Stimme überschlägt sich wieder.

Da springen wir hoch und auseinander. Kurt kommt als Kellner, hat sich ein schmuddeliges Geschirrtuch über die Schulter geworfen, trägt in der einen Hand die Wassermelone, in der anderen ein riesiges Messer.

Ich beiße mitten hinein in das Rot, wo keine Kerne sind, ist es am süßesten. Der klebrige Saft rinnt mir aus den Mundwinkeln. Vom Kinn läuft es den Hals herab. Kurt stützt sich auf die Ellenbogen, er hat erstaunlich muskulöse Oberarme, lehnt sich zu mir, sein Haar fällt auf meinen Bauch, ein Kiwimund, saftig und süß, eine Zunge schleckt mir den Melonensaft weg.

Zwischen meinen Beinen muß purer Samt sein, eine Oase, eine Quelle, ein Born. Kurt schaut mich fragend an. Ich nicke. Wenn ich er wäre, würde ich da auch lutschen.

Mit einem Ohr: »Dann laß ich euch Täubchen mal alleine ...« (grummelnd).

Bruno sitzt in den Felsen, Kurt macht einen Fitneßlauf den Strand entlang, ich liege im Schatten, bin satt und zufrieden. Bruno nimmt sich Zeit zum Putzen. Gegen die Sonne hat er sich sein neues Tuch um den Kopf gewickelt, kräftiges Rosa mit breiten silbernen Streifen. Sein Nacken ist vom vielen Sport etwas breit geworden, aber der Rücken und die Lenden sind so klassisch schön wie eh und je. Er ist der braunste von uns, was Wunder, schließlich reibt er sich dauernd mit seiner Spezialmischung ein, Olivenöl mit Zitronensaft.

Sorgfältig stellt er das Geschirr zum Trocknen auf den Felsen beim Lager.

Er legt sich neben mich.

»Na, mein Kullerpfirsich!« Zärtlich sieht er mich an.

»Na, mein Apfelbaum!«

»Vögelchen!«

«Fischchen!«

»Wieso Fischchen?«

»Fischchen und Schleifchen.«

Er lächelt mit kleinen, weißen Zähnen.

»Du Strandgebäck!«

»Du Lutscher!«

»Du Luder!«

»Du Gurke!«

»Du Pflaume!«

»Du Banane!«

»Pfirsichbrötchen!«

»Mandelhörnchen!«

»Und was macht das Bein?«

»Beint.«

»Und der Finger?«

»Fingert.«

»Badefinger!«

»Was?«

»Badefinger!«

»Und wie heißt das?« Er zeigt auf meine Brustwarze.

»Rosine.«

»Und das?«

»Buuuusen.«

»Und das?«

»Weiß nicht. Vielleicht Muschi.«

»Vielleicht Muschi. Ich lach mich schief.«

Er nimmt flache, heiße Steine aus der Sonne und legt sie mir auf den Bauch.

dirty little story 9

das gelbe Federbett in die Sonne zerren / direkt unters Fenster damit / Sonnenflecken auf dem Teppichboden / seine Hose hat eine Beule / die Comedian Harmonists singen / der April platzt herein / der Reißverschluß platzt auf / Ritsch Ratsch Zipp Zapp Hemd hoch Hose runter / wir nehmen ein Sonnenbad / Veronika der Lenz ist da / er trägt rote Unterhosen / zeig mal her / Schwalben segeln durch den Hinterhof / Antennenwald / die Amseln singen / der Kühlschrank brummt / das Fenster weit offen / sei leise / Zirkuspailletten / auf dünner Baumwolle / nackte Schultern / sie will zum Jahrmarkt / schieß mir einen Teddy und rote Rosen / er greift ihr unters Hemd / Ding Dong da ist der Nasenbär / der tippt ihr an die Wange / der Leckerschmecker / ein Nußeis / Zuckerwatte / Riesenrad / Knoblauch weht rüber / er könnte ihr Vater sein / die Schaukel fliegt höher / Kinderfarben / aber Großmutter, warum hast du so lange Zähne / sie reckt sich in die Sonne / er auf der gelben Decke / weit unter ihr / sie fliegt immer höher / die Daunen schweben durchs Zimmer / Frau Holle schüttelt den Staub aus den Betten / Goldmarie oder Pechmarie / sie will es wissen / sie springt in den Brunnen / sie reitet davon / er kommt / er kommt / er kommt ihr zuvor / sie gleitet durchs goldene Tor / ein glühender Ball / ein glühender Ball / ein Schaudern fällt vom Himmel / sie schmilzt in der Sonne / seine Küsse wie Karamel / sein Mund wie Vanille

Löwenmäulchen

»Avez-vous préservatifs?«

»Pardon?«

»Avez-vous ... préservatifs?«

Mona spürt, wie ihr die Röte in die Wangen steigt und sieht hilfesuchend die Freundin an. »Heißt doch so, oder nicht?« flüstert sie.

»Jaja. Préservatifs, un grand paquet, s'il vous plaît«, sagt Ellen mit lauter Stimme.

Der Apotheker holt aus einer Schublade eine kleine Schachtel hervor.

»Ça fait huit francs.«

Vor der Tür verabschieden sich die Freundinnen. Jede steckt sich eins der Gummis in die Tasche.

»Also bis um 8 im Café.«

Mona schlendert die Straße entlang. Es ist ein stickiger, heißer Augusttag. Alles ist voll gieriger Gesichter. Da ist schon wieder eins. Hellbraun, strahlende schwarze Augen, ein großer Mund. Mit einem kurzen Blick mustert sie den Mann von oben bis unten. Enge Hose, gut gebaut. Der könnte mir gefallen. Er sieht ihr offen ins Gesicht, lächelt mit seinem vollen Mund. Mona geht weiter, blickt sich aber schon nach wenigen Metern um und sieht, daß auch er ihr nachschaut. Er bleibt stehen, strahlt sie an. Ob er sie zu einem Kaffee einladen dürfe? Er sagt, er kenne ein gutes Café ganz in der Nähe.

Im Lokal steuert er sofort einen Tisch in der Ecke an, in einer kleinen Nische. Sie bestellen Milchkaffee und Croissants. Aus der Musikbox dröhnt einer der Hits des Sommers.

Mona sitzt ihm gegenüber und beobachtet, wie er ißt. Langsam taucht er das Croissant in die Tasse, wartet, bis es etwas

Kaffee aufgesaugt hat und beißt ab, wobei er das weichgewordene Gebäck mit seinen dicken Lippen umschlingt. Zwischendurch schaut er sie tief und durchdringend an.

Endlich hat er aufgegessen.

Und was jetzt? schießt es Mona plötzlich durch den Kopf.

Sie drückt noch mal Santana. Als sie zum Tisch zurückkehrt, zündet er sich gerade eine Zigarette an. Sie will auch eine. Rauchend sitzen sie sich gegenüber, wissen kaum, was sie reden sollen.

Mona rutscht auf ihrem Stuhl hin und her. Seine Augen flackern unruhig, als sie etwas näher herankommt, die Ellenbogen auf den Tisch stützt. Ihr Blick gleitet an ihm hinab. Sie traut ihren Augen nicht. Seine Hose ist offen und ein großer brauner Schwanz ragt hervor. In Sekundenschnelle wird ihr glühendheiß zwischen den Beinen, alles Blut schießt in den Schoß. Groß ist er, groß und braun und kräftig. Sie kann ihre Augen nicht von ihm lösen, tastet mit ihrem Blick die Eichel ab, stellt sich vor, wie sie die zarte Haut berührt. Ein kurzes Beben zieht durch sein Glied und ein winziger Tropfen kommt hervor. Sie hebt ihren Blick wieder und lächelt ihn an, leckt sich über den Mund. Er lächelt zurück, zeigt seine weißen Zähne. Sie fährt sich noch einmal mit der Zunge über die Lippen und sieht ihn fragend an. Er nickt. Also hat er verstanden. Sie schaut sich kurz um. Nein, höchstens sein Kopf könnte zu sehen sein, der Rest bleibt hinter dem Sichtschutz verborgen. Er nimmt seinen Steifen in die Hand, zieht hastig daran. Das gefällt Mona nicht. Als sie es ihm zu verstehen gibt, läßt er es sein. Sie ist schon ganz naß zwischen den Beinen. Jede Pore ihrer Haut ist gierig nach Berührung. Flink läßt sie sich vom Stuhl gleiten und hockt sich unterm Tisch vor ihn. Sie nimmt den festen Schaft in die Hand und streichelt mit der Nase die samtige Eichel. Wie das riecht! Dann liebkost sie ihn mit Lippen und Zunge, nimmt ihn langsam in den Mund, saugt den salzigen Tropfen in sich hinein. Der war für mich, denkt sie triumphierend, entläßt den Steifen aus ihrem Mund und setzt sich wieder ihm gegenüber, als ob nichts wär. Flehend sieht er sie an.

»Sollen wir gehen?« fragt er und sie vermutet, daß er jetzt mit ihr in seine Wohnung will oder in ein Hotelzimmer. Ihr ist alles recht. Als sie aufsteht, merkt sie, wie prall ihre Lippen geworden sind. Seit zwei Tagen trägt sie keine Höschen unter dem Baumwollkleid.

Während er am Tresen steht und bezahlt, sieht sie ihn von der Seite an. Die Konturen seines Steifen zeichnen sich unter der maisgelben, samtigen Hose ab. Ein Maiskolben.

Hoffentlich wohnt er nicht so weit weg, denkt sie, geht zu ihm und legt ihre Hand um seine Hüfte. Verwundert blickt er sie an, schiebt ihre Hand sanft, aber bestimmt weg.

Draußen ist es noch heißer geworden. Die Autos hupen so laut wie jeden Nachmittag um fünf. Es riecht nach Abgasen, Schweiß und Parfüm. Sie kommen an einem Blumenstand vorbei, er kauft ihr einen großen Strauß Löwenmäulchen. Die Straßen sind voller Menschen in flatternder, bunter Sommerkleidung. Mona spürt bei jedem Schritt den weichen Stoff ihres Kleides an ihren Schenkeln. Ein dünner Schweißfilm legt sich auf ihre Haut. Schon bald wird sie ungeduldig und fragt ihn, ob es noch weit sei.

»Nein, dahinten ist es«, antwortet er und deutet auf ein Haus auf der anderen Straßenseite.

Hoffentlich wohnt er nicht im 5. Stock, denkt sie.

Nacheinander überqueren sie die Straße. Sie hat noch immer seinen Salzgeschmack im Mund. Vor dem Haus angekommen, merkt sie enttäuscht, daß er das Café ansteuert. Na, dann nicht, denkt sie mißmutig. Also noch einen Kaffee und nichts weiter.

Wieder setzen sie sich an einen Tisch in einer Nische, bestellen Milchkaffee. Während sie den ersten Schluck von dem süßen Kaffee mit dem vielen Milchschaum nimmt, spürt sie, wie er unter dem Tisch seine Hand unter ihr Kleid schiebt. Irritiert setzt sie die Tasse ab. Die Hand gleitet sanft, aber zielstrebig ihre Schenkel hinauf. Erwartungsvoll spreizt sie ein wenig die Beine und spürt sein Erstaunen, als er merkt, daß sie nichts drunter trägt. Er grinst verschmitzt. Sie lächelt, genießt das Kreisen seiner Fingerspitzen in ihrem Fell. Da sieht er sich plötzlich um, kniet sich vor sie, hebt ihr Kleid hoch und schiebt seinen Kopf zwischen ihre Beine.

Und wenn uns einer sieht? denkt Mona in einem Moment kurzer Panik, öffnet sich aber noch weiter, spürt seinen heißen, saftigen Kuß. Er saugt an ihren prallen Lippen, schleckt sie mit einer großen Zunge. Sie nimmt seinen Kopf in die Hände; die Berührung seines ungewohnten krausen Haares erregt sie noch mehr. Sie preßt seinen Kopf an sich, schließt die Augen bis auf einen schmalen Schlitz und läßt zwischendurch ihren Blick schweifen. Alles in Ordnung. Nur ein paar Tische ganz vorne sind besetzt, der Kellner nicht zu sehen.

Diesmal ist sie vom Hals an von einem Zigarettenautomaten verdeckt.

Mit seinem riesigen, weichen Mund umschlingt er ihr gesamtes Geschlecht, leckt und saugt sie, stößt die Zunge rhythmisch an ihre Perle. Sie verliert die Kontrolle über sich, stößt mit einem Knie gegen den Tisch. Unter lautem Getöse fällt die Tasse um. Der Kaffee kippt ihm auf den Kopf und ihr aufs Kleid. Blitzschnell hat er ihr das Kleid wieder runtergeschoben und sammelt die Scherben vom Boden.

Die anderen Gäste sind auf sie aufmerksam geworden. Mona zupft ihr Kleid zurecht und hantiert mit zittrigen Fingern an dem Kaffeefleck herum. Da kommt auch schon der Kellner. Aber er ist freundlich, fragt nur, ob sie einen neuen Kaffee möchte.

Sobald die Scherben beseitigt sind, setzen die beiden sich wieder ordentlich einander gegenüber. Mona beugt sich vor und küßt ihn. Der salzige Muschelgeschmack, der noch an seinen Lippen haftet, gefällt ihr. Sie knutschen heftig, bis der Kellner mit dem neuen Kaffee kommt.

So kann es nicht weitergehen, denkt Mona, als sich in ihrem Mund Milchkaffee und Salzgeschmack vermischen. Er sieht ebenso unzufrieden aus wie sie.

Schließlich verlassen sie auch dieses Café. Wortlos gehen sie nebeneinander her, bis sie wieder an dem Blumenstand vorbeikommen. Erst jetzt fällt Mona auf, daß dahinter eine Treppe hinabführt. Öffentliche Toiletten. Sie stubst ihn an, zeigt auf die blaue Tür am Ende der Treppe. Sofort sind sie sich einig, gehen die Stufen herab.

Damen oder Herren? Sie entschließt sich für die Herrentoilette; da war sie noch nie. Er geht vor und winkt ihr nachzukommen, nachdem er sich davon überzeugt hat, daß alles leer ist. Niemand beobachtet sie und doch sieht Mona sich nervös um, als sie ihm folgt.

Die Toilettentür ist abgeschlossen und keiner von beiden hat passendes Kleingeld. Geschmeidig wie eine Katze läuft er die Treppe hinauf, einen weiteren Strauß Löwenmäulchen kaufen. Als Mona ihn mit den Blumen in der Hand die Treppe herunterkommen sieht, fällt ihr auf, wie schön er ist, ganz in Maisgelb. Arm in Arm gehen sie hinein, werfen die Münzen in den Schlitz, öffnen die Metalltür. Der beißende Geruch dringt nicht zu ihnen durch. Wie praktisch, daß da nur ein in den Boden eingelassenes Becken ist, so haben wir mehr Platz, stellt

Mona zufrieden fest. Sie legt die Blumen vor die Toilettentür, schließt von innen ab. Breitbeinig steht sie vor ihm, lehnt sich an die angenehm kühle Tür und umarmt ihn zum ersten Mal. Sie sinkt in seinen weichen Mund, sieht seine schwarzen Augen, die Klosprüche an den Wänden. Jetzt hält er sie nicht ab, als sie nach seinem Po greift, über den samtigen Stoff streicht. Langsam öffnet er seine Hose, schiebt ihr das Kleid hoch.

Als sie die Tür wieder aufschließen, stolpern sie kichernd über die Blumen. In dem schmuddeligen Waschbecken waschen sie sich die Hände und das verschwitzte Gesicht. Mona guckt in den kleinen Spiegel, blinzelt sich zu. Guten Abend, du Schöne! Kaum sind sie die Treppe hinaufgegangen, umgibt sie wieder die schwere, heiße Luft und das Getöse der Stadt. Es wird bald 8 sein, erinnert sich Mona an ihre Verabredung. Manche Autos fahren schon mit Licht, es wird langsam dunkel. Weit hinten sieht sie zwischen Bäumen und Häusern ein wenig roten Himmel.

»Machs gut«, sagt sie und küßt ihn zum Abschied.

»Machs gut«, sagt er und fährt ihr mit dem Finger über die Lippen.

Er geht die Straße hinauf, sie schlendert dem roten Himmel entgegen, die Löwenmäulchen im Arm.

Bettina Rolfes

Geb. 1956 in Steinfeld/Oldenburg. Aufgewachsen in Norddeutschland, probiert und studiert im Ruhrgebiet: einige Semester Medizin, dann Germanistik/Philosophie. Kollaborationen mit Musik und Malerei.
Mitherausgeberin von:
Mitten ins Gesicht. Weiblicher Umgang mit Wut und Haß. Verlag im Nachbarschaftshaus Wambel, Dortmund 1983.
Venus wildert. Wenn Frauen lieben. Verlag im Nachbarschaftshaus Wambel, Dortmund 1985.
Fata Morgana in Dortmund. Postkartenserie. 1987.

Veröffentlicht seit 1979 Lyrik und Prosa in Zeitschriften und Anthologien, auf Bierdeckeln und Plakaten, in Funk und Fernsehen. Zuletzt in: Bartholl (Hrsg.): *Neue Kindergeschichten.* Beltz und Gelberg, Weinheim 1989.

Bücher: *Heckenrosen & Zahnpasta.* Gedichte. Hattingen 1982 (vergr.).
Schreiben befreit. (mit Gisela Schalk). Verlag Kleine Schritte, Trier.

1988 erhielt sie ein Arbeitsstipendium für Schriftsteller vom Kultusminister des Landes Nordrhein-Westfalen.
Derzeit lebt sie in Zürich und Dortmund , arbeitet teilzeit als Archivarin und schreibt und schreibt und schreibt ...

Hans-Curt Flemming (Hg.)
Lesebuch für Tag & Nacht
Ein erotischer Calender
(Erotische Jahreszeitschrift)
Hardcover, Lesebändchen, DM 14,80

Hans-Curt Flemming stellt als Herausgeber des »Lesebuchs für Tag & Nacht« Jahr für Jahr viele schöne, freche, zärtliche und lustvolle Geschichten mit hohem Niveau zusammen.
Und dazwischen ist genügend Platz zum Planen, Notizenmachen für ein ganzes Jahr: In jedem Jahr erscheint die neue Ausgabe, mit neuen Texten und aktuellem Kalendarium.

Amelia Earhart, in den 20er und 30er Jahren Pionier- und Rekordfliegerin, flog als erste Frau über den Atlantik: 1928 als Passagierin und 1932 als erste Frau im Solo-Flug. 5 Jahre nach Lindberghs spektakulärem Flug glückte ihr nach intensiver Vorbereitung dieses große Abenteuer. Damit erlangte sie eine überwältigende Popularität; sie wurde zu einer Vorbildfigur und Wortführerin in allen Belangen des Lebens, hauptsächlich aber der beginnenden Frauenbewegung.

Amelia Earhart ist bei ihrem letzten großen Rekordflug, einer Erdumfliegung entlang der Äquatorlinie, auf der vorletzten Etappe im Pazifik verschollen. Ihr Schicksal ist jedoch ungeklärt; die Vermutungen reichen von einem Absturz wegen Treibstoffmangels bis zu der Theorie, sie habe als Spionin im Auftrag Roosevelts japanisches Hoheitsgebiet im Pazifik ausgekundschaftet.

Noch heute, über 50 Jahre nach den großen Leistungen Amelia Earharts, teilt sich unverändert die Faszination mit, die von dieser bemerkenswerten Frau ausgeht.

Geb., 156 S., 25 Fotos,
28,00 DM, ISBN 3-923261-21-7

verlag kleine schritte

Meine Sommer in Italien

Roswitha Iasevoli

Vielleicht haben auch Sie ihre Sommer schon einmal in Italien verbracht, sahen auf Capri (oder anderswo) die rote Sonne im Meer versinken.
Vielleicht haben Sie die Frauen kennengelernt: Die kokettierende Signorina, die zauberhafte Signora, die treusorgende Mamma, die keifende Schwiegermutter.
Vielleicht haben Sie antike Tempelsäulen bewundert, die Kirchen und Castelli. Vielleicht sahen Sie die Friedhöfe mit ihren Beinhäusern wie weiße Prachtvillen, die schwarzgekleideten Frauen in den Dörfern.
Vielleicht erinnern Sie sich an die alten Lieder, die Canzoni, haben Tarantella getanzt und ihre Hüften im Chachacha geschwungen.
Vielleicht aber waren Sie noch nie in Italien und sind jetzt neugierig geworden?
Roswitha Iasevolis Italien ist ähnlich und doch ganz anders: Da keift auch mal die Signorina und die Schwiegermutter ist zauberhaft. Die Signora treusorgend und die Mamma kokettiert. Da wird eine Fahrt nach Pompeji zum Desaster, da wird Wäsche gewaschen, bis die Finger bluten. Picknick auf Straßen und zwischen Kuhfladen gehalten. Alles mit der ganzen Familie, die Schwiegermutter immer voran. Erzählt von der eingeheirateten, deutschen Schwiegertochter.
Da wird gelacht, geweint, gesungen, da wird aufgeklärt und auch gestritten. Ja, vor allem wird hier gelebt.

Stück weiter

144 S., 19,80 DM
ISBN 3-923261-22-5

verlag kleine schritte